Marliese Arold

Der magische 8. Tag

Bereits erschienen in der Serie **Der magische achte Tag:**
Band 1: Verborgene Kräfte
Band 2: Dunkles Geheimnis
Band 3: Verhängnisvoller Auftrag

Marliese Arold

Der magische 8. Tag

VERHÄNGNISVOLLER AUFTRAG

BAND 3

EDEL
KIDS BOOKS

Der magische 8. Tag
Verhängnisvoller Auftrag
Band 3
ISBN 978-3-96129-098-7

Edel Kids Books
Ein Verlag der Edel Germany GmbH

www.edel.com
1. Auflage 2019

Projektkoordination: Judith Haentjes
Text: Marliese Arold
Umschlaggestaltung: Geviert Grafik & Typographie
unter Verwendung von Motiven von © EVA105/Shutterstock
und © iktash/Shutterstock
Layout und Satz: Uhl + Massopust, Aalen
Herstellung: Frank Jansen
Druck und Bindung: GGP Media GmbH, Pößneck

Printed in Germany

Inhalt

Ein Gast auf der Fensterbank

Laura rannte die Wendeltreppe hinauf und verlor dabei ihre pinkfarbenen Pantoffel. Sie achtete nicht darauf. Sie musste unbedingt in ihr Zimmer zurück, das sie mit Anouk, Shirin und Merle teilte. Die magische Welt des achten Tages war in größter Gefahr!

Ich kriege dich!

Am liebsten hätte Laura die Hände auf ihre Ohren gepresst. Aber das hätte auch nichts genützt. Die fremde Stimme war in ihrem Kopf. Genauer: Die Gedanken von Magister Darius, der sie verfolgte.

Dieser Verräter! Er hatte den Schlüssel, der diese Welt im Gleichgewicht hielt, an Bernd Asshoff verkauft, einem der Geschäftsführer der Firma TEMP. Diese Firma versuchte, hinter das Geheimnis der Zeit zu kommen. Denn wer die Macht über die Zeit besaß, dem standen alle Möglichkeiten offen – sogar der Sieg über den Tod.

Gleich hab ich dich!

Laura konnte schon die Schritte hinter sich hören. Der Schweiß brach ihr aus. Die Angst nahm ihr den Atem. Die Beine wollten ihr nicht mehr gehorchen. Warum war die Treppe so lang? Hätte sie nicht schon längst ihr Stockwerk erreichen müssen?

Du hast keine Chance!

Sie warf einen hektischen Blick über die Schulter.

Magister Darius, der kleine rundliche Lehrer mit der seltsamen Brille, hatte sie fast erreicht. Er streckte seine klauenartigen Hände nach ihr aus, erwischte ihre Jacke und zog. Laura klammerte sich an das Geländer, aber ihr rechter Fuß fand keinen Halt mehr und trat ins Leere. Sie stürzte …

… und erwachte.

Der Schlafanzug klebte an ihrem Körper. Ihr Atem ging so heftig, als wäre sie tatsächlich viel zu schnell eine Treppe hinaufgelaufen. Gleichzeitig hatte sie fürchterliche Kopfschmerzen.

Laura setzte sich auf und versuchte, sich zu orientieren. Nur langsam konnte sie den Albtraum abschütteln. Er war so real gewesen. Sie konnte noch ganz genau das kühle Metall des Treppengeländers spüren. Sie fühlte noch, wie Darius an ihr zerrte und der Halsausschnitt ihrer Jacke sie am Hals würgte …

Am ganzen Körper zitternd und mit klopfendem Herzen schwang Laura ihre Beine über die Bettkante. Sie war zu Hause, im Akeleiweg 8, es war Montagmorgen, sechs Uhr.

Laura stand schwankend auf. Ihre Beine wollten ihr nicht gehorchen. Wie benommen tappte sie aus ihrem Zimmer und in die Küche. Sie brauchte jetzt dringend ein Glas Wasser!

Laura nahm sich ein Glas und ließ Wasser aus der Leitung laufen. Erschöpft setzte sie sich an den kleinen Tisch und trank das Glas in großen Zügen leer. Danach fühlte sie sich ein bisschen besser.

Im Flur ertönte ein Geräusch, und gleich darauf rollte Amy, die Haushaltsroboterin, in die Küche. Ihre grünen Augen blinkten Laura fragend an.

»Alles gut«, murmelte Laura. »Ich hatte nur Durst.«

Amy streckte ihre Teleskoparme aus und einer ihrer metallenen Finger berührte Lauras Stirn.

»Ssiebenunddreißsssig Komma ssssieben Grad Celsssiuss«, schnarrte Amy. »Du hassst erhöhte Tämperatur. Heute besser ssu Haussse bleiben?«

»Nichts lieber als das«, antwortete Laura. Vielleicht war sie tatsächlich ein bisschen krank. Dann musste sie auch nicht in die Firma TEMP, bei der sie gerade – unfreiwillig und nur auf Druck ihrer Mutter – ein Praktikum machte.

Sie hatte den Gedanken kaum zu Ende gebracht, als Valerie Lilienstedt in der Tür erschien.

»Was ist los, Laura?«, fragte sie besorgt.

»Nichts.« Laura schüttelte den Kopf, was keine besonders gute Idee war. »Ich habe nur schlecht geträumt.«

»Die Wochenenden bei deinem Vater bekommen dir einfach nicht«, schlussfolgerte ihre Mutter. »Dein normaler Tagesablauf kommt ganz durcheinander. Und bestimmt hast du auch wieder zu schwer gegessen. Dein Vater hat ja offenbar noch nichts von leichter, gesunder Küche gehört.«

Laura hielt es nicht mehr aus. »Hör auf, ständig auf Papa herumzuhacken!«, schrie sie ihre Mutter an. »Du hast keine Ahnung, was wirklich passiert ist. Und du willst auch nicht wahrhaben, dass dein blöder Bernd eine ganze Welt in Gefahr bringt.«

Ups. Das war ihr so rausgerutscht. Nicht gerade geschickt, weil Bernd Asshoff ihre Wohnung abhören ließ. Auf heimtückische Art hatte er Spionagetools bei ihnen eingeschleust – unter dem Vorwand, Lauras Bruder Elias ein neues cooles Spiel zu schenken, das noch gar nicht auf dem Markt war.

Valerie verschränkte die Arme. Ihr Mund war ein schmaler Strich. »Was willst du damit sagen?«, presste sie zwischen ihren Lippen hervor.

»Ich werde überhaupt nichts mehr sagen, weil du Bernd sofort alles weitererzählst«, erwiderte Laura und wollte die Küche verlassen. Doch ihre Mutter trat ihr in den Weg.

»Warum bringt er die Welt in Gefahr?«, hakte Valerie nach.

Laura blieb stumm und sah ihrer Mutter feindlich in die Augen. Es war ein Duell aus Blicken. Schließlich gab Valerie den Weg frei. Laura rannte in ihr Zimmer und warf sich aufs Bett.

Ihr war zum Heulen zumute. Bis vor wenigen Wochen war noch alles in Ordnung gewesen. Nein, nicht ganz. Ihre Eltern hatten sich schon vorher getrennt, was für Laura eine mittlere Katastrophe bedeutete. Aber seit ungefähr einem Monat war ihr Leben völlig aus den Fugen geraten. Seit sie die goldene Taschenuhr gefunden und mit ihr die Welt des achten Tages entdeckt hatte.

Zeit war kein absoluter Maßstab mehr. Für bestimmte Menschen gab es einen achten Tag in der Woche, aber an diesem Achttag war alles anders. Es existierte Magie. Und Laura musste in die *Schule der Ewigkeit* gehen, in der Jugendliche ihre besonderen Fähigkeiten trainierten. Alles war möglich geworden, und die Regeln, die vorher ihren Alltag bestimmt hatten, galten nicht mehr.

Natürlich kam Valerie ihr nach. Sie setzte sich auf die Bettkante und fragte mit ihrer Therapeutinnen-Stimme: »Willst du mir nicht erzählen, was dich bedrückt?«

Wie gerne hätte Laura sich alles von der Seele geredet. Vielleicht hätte ihre Mutter sogar einen Rat gewusst oder sie zumindest getröstet. Aber Valerie stand auf der Seite des Gegners. Hätte sie doch diesen blöden Bernd Asshoff nie kennengelernt! Hätte sie nie den Job bei TEMP angenommen und sich in ihren Chef verliebt!

Laura schluchzte auf. Verdammt, auch das noch! Sie presste ihr Gesicht in das Kissen, um jedes Geräusch zu ersticken.

»Liebes, du weißt doch, dass du mit all deinen Problemen zu mir kommen kannst«, redete Valerie sanft auf sie ein. »Vielleicht habe ich mich in der letzten Zeit zu viel um Elias gekümmert und dich dabei etwas vernachlässigt. Das tut mir leid. Wirklich. Aber das heißt nicht, dass du mir egal bist. Ganz im Gegenteil. Du bist meine große Tochter, und ich bin sehr stolz auf dich.«

Es klang gut. Zu gut. Das waren völlig neue Töne von ihrer Mutter. Laura wurde selten gelobt. Und jetzt hörten sich Valeries Worte beinahe wie Schmeicheleien an. Hatte sie von Asshoff gelernt, wie man andere Menschen mit Worten manipulierte?

Laura bebte am ganzen Körper. Sie wusste nicht, ob sie ihrer Mutter vertrauen konnte. Sie sehnte sich so sehr danach, mit jemandem über die Gefahr zu sprechen, die der Welt des achten Tages drohte. Und nicht nur dieser magischen Welt, sondern auch der realen. Denn wenn die Firma TEMP erst einmal an der Zeit drehen konnte, dann würden sich Vergangenheit und Zukunft vermischen. Das totale Chaos. Und Vorteile für jene, die reich und mächtig waren …

»Warum hast du vorhin gesagt, dass Bernd die Welt in Gefahr bringt?«, bohrte Valerie nach. Diesmal klang ihre Stimme härter.

Sie ließ nicht locker. Laura beschloss, zu lügen. Wenn die Erwachsenen ihr nicht die Wahrheit sagten, sondern sich immer hinter Ausreden versteckten und nie richtige Antworten gaben, dann war es Lauras gutes Recht, ihnen auch das Blaue vom Himmel zu erzählen.

Sie hob den Kopf. »Bernd zerstört unsere Welt«, brachte sie mühsam hervor. »Meine und die von Elias. Er mag Elias mit Geschenken bestechen, trotzdem wird er es nie schaffen, dass Elias ihn lieber mag als Papa.« Sie richtete sich halb auf und spielte ihren Trumpf aus: »Du hättest ihn am Wochenende sehen sollen, wie geduldig er ein Uhrwerk zusammengesetzt hat, an dem sogar Papa gescheitert ist. Elias war so fasziniert. Das hat ihm viel besser gefallen als dieses blöde Moskito-Spiel.« Sie reckte trotzig das Kinn. »Elias würde viel lieber bei Papa wohnen. Genau wie ich. Auch wenn Papa nicht so viel Geld hat. Das ist uns egal. Dafür nimmt er sich Zeit für uns. Zeit, die du nie hast!«

Valerie wurde blass. »Das wird wieder besser«, beeilte sie sich zu sagen. »Ich verspreche es dir. Unsere Firma hat im Moment dieses wichtige Forschungsprojekt. Dorthin fließen all unsere Energien. Wenn wir nicht in absehbarer Zeit Ergebnisse vorweisen können, dann springt ein wichtiger Investor ab, und das wäre das Aus für die Firma.«

»Das ist mir so was von egal«, schnaubte Laura. »Selbst wenn euer Projekt gelingen sollte, dann kommt sofort das nächste – und du wirst wieder keine Zeit haben. Das hatten wir doch schon ein paar Mal. Du machst immer nur Versprechungen und hältst sie nie. Elias hast du bisher noch täuschen können, aber er fällt bestimmt nicht mehr lange auf dich rein.«

Valerie schluckte. »Siehst du das wirklich so?«

Laura blickte ihre Mutter nur vorwurfsvoll an. Valerie blieb noch einen Moment lang sitzen, dann stand sie wortlos auf und verließ das Zimmer.

Trotz ihrer Sorgen schlief Laura noch einmal ein, und als sie wieder erwachte, war es fast zehn Uhr. Amy saugte die Wohnung. Laura hörte, wie der Staubsauger im Flur röhrte. Der schwarze Kater Samson hatte es sich wieder auf Lauras Bett bequem gemacht. Als

Laura sich streckte und ihre Beine über die Bettkante schwang, fragte er:

»Und was gedenkst du jetzt zu tun?«

Laura zuckte zusammen und starrte das Tier an. Hatte sie eben wieder Samsons Gedanken gelesen, oder hatte er tatsächlich zu ihr gesprochen, wie er es an dem magischen Achttag konnte?

»Wir brauchen schleunigst einen funktionierenden Plan, sonst geht alles den Bach runter«, sagte Samson. Er setzte sich auf und begann, seine Pfoten zu lecken.

Laura schluckte die Überraschung hinunter. Nein, sie wurde nicht verrückt. Es gab eine Erklärung dafür, dass Samson sprechen konnte. Die Grenzen zwischen der realen und der magischen Welt wurden dünner. Die magische Welt verlor zunehmend ihr Gleichgewicht, weil ein wichtiger Schlüssel fehlte, mit dem Magister Horatius regelmäßig das wunderbare Uhrwerk – das Herz der magischen Welt – aufziehen musste. Der Ersatzschlüssel funktionierte nicht hundertprozentig, dadurch wurde die magische Welt immer instabiler.

»Ist dir schon eine Idee gekommen?«, fragte Samson. Und dann fügte er ein wenig vorwurfsvoll hinzu: »Oder redest du nicht mehr mit Tieren?«

»O doch«, sagte Laura schnell. »Ich bin nur nicht gewohnt, dass du an ganz normalen Tagen …«

»Das ist kein normaler Tag«, unterbrach Samson sie.

»Von jetzt an ist kein Tag mehr normal, das müsste dir klar sein. Wenn du mir nicht glaubst, musst du nur dein Fenster öffnen. Draußen auf der Fensterbank sitzt jemand, der auf dich wartet!«

Laura runzelte die Stirn. Dann trat sie ans Fenster und betätigte den automatischen Rollladen. Seitlich auf der Fensterbank kauerte ein unförmiges schwarzes Etwas, das Laura erst auf den zweiten Blick erkannte. Es war Jonathan, Severins Kalong. Eine Gänsehaut kroch über Lauras Rücken. Obwohl sie den Flughund mittlerweile kannte, hatte er immer noch etwas Unheimliches an sich.

»Willst du nicht das Fenster öffnen und unseren Freund hereinlassen?«, sagte Samson ungeduldig.

Laura musste erst die komplizierte Verriegelung entsperren. Da die Wohnung eine Klimaanlage besaß, waren die Fenster nicht zum Öffnen gedacht. Laura vermisste das oft. Sie liebte es, wenn in der Villa ihres Vaters die duftende Gartenluft zum Fenster hereinströmte.

Mit einiger Mühe entriegelte Laura das Fenster, und es sprang auf. Der Kalong zuckte bei dem Ruck erschrocken zusammen. Einen Moment lang sah es so aus, als wollte er wegfliegen.

»Keine Angst, Kleiner, alles ist gut«, redete Laura mit sanfter Stimme auf ihn ein. »Ich weiß, dass Severin dich schickt. Komm rein.«

Der Kalong streckte ihr zwar den Kopf entgegen, traute sich aber nicht ins Zimmer. Behutsam griff Laura nach dem Flughund und hob ihn herein. Das Tier hielt still. Laura legte den Kalong auf ihrer Bettdecke ab. Ängstlich bedeckte er seinen Kopf mit den Flügeln. Laura setzte sich neben ihn und streichelte sanft die ledrige Haut.

»Was ist deine Mission?«, wandte sich Samson mit seiner schnarrenden Stimme an Jonathan.

Der Kalong fiepte leise.

»Kann er denn überhaupt sprechen?«, fragte Laura.

»Ich denke schon, dass er es kann, aber er scheint im Moment nicht zu wollen«, antwortete der schwarze Kater. »Vielleicht redet er ja nicht mit jedem.« Er setzte seelenruhig seine Katzenwäsche fort.

Es musste doch einen Grund haben, warum Jonathan an ihrem Fenster auftauchte. Laura griff nach ihrem Smartphone, um Severin anzurufen, doch dann zuckte sie zurück. Das Smartphone war ein großzügiges Geschenk von Asshoff, aber nach Lauras Entdeckung mit dem Spionage-Moskito-Spiel war sie sicher, dass er jedes Gespräch abhören konnte. Das durfte sie nicht riskieren. Deswegen schickte sie Severin eine Mail von ihrem Laptop aus.

Jonathan ist bei mir aufgetaucht. Hast du ihn geschickt? LG, Laura

Es kam keine Antwort. Lauras Besorgnis wuchs. War etwas passiert? Wollte der Kalong etwa Hilfe holen?

Sie warf wieder einen Blick auf ihr Bett. Zu dumm, dass sich das Tier offenbar entschlossen hatte, zu schweigen!

»Wir müssen zu Severin«, entschied sie, packte den Laptop und ihr altes – unverwanztes – Smartphone in ihren Rucksack, setzte den Kalong auf ihre Schulter und ging zur Tür. Samson machte keine Anstalten, mitzukommen. Laura zuckte mit den Achseln. Wenn er wollte, dann würde er sie finden. Wenn die Magie auch hier wirkte (und das tat sie, sonst hätte Samson nicht sprechen können), dann konnte er durch Wände gehen. Jedenfalls hatte Laura den Eindruck.

Die Wohnung war bis auf Amy leer. Diese saugte, als hätte die Wohnung zwei Monate lang keinen Staubsauger mehr gesehen. Laura sah in den Kühlschrank und entdeckte zu ihrer Freude ein fertig gepacktes Lunchpaket. Sie nahm sich ein Sandwich heraus und steckte den Rest in ihren Rucksack.

»Danke, Amy!«, rief sie dem Haushaltsroboter zu, dann verließ sie die Wohnung.

Die Gefahr wächst

Der Aufzug sah aus wie immer. Er war kein altmodischer Lift mit schmiedeeisernen Türen wie an den magischen achten Tagen. Laura beschloss, sich nicht zu wundern. Heute war ja auch ein ganz gewöhnlicher Montag. Sie drückte den Knopf für das Erdgeschoss und fuhr nach unten.

Auch die Eingangshalle wirkte ganz normal. Als Laura jedoch die Ufo-Pflanze erblickte, gab es ihr einen Stich: Die Pflanze stand zwar an ihrem Platz und war auch noch genauso groß, aber die runden Blätter waren feuerrot!

»Oje«, entfuhr es Laura. War das ein Zeichen? Am Ende gar eine Warnung?

Mit einem mulmigen Gefühl verließ sie das Haus und lief zur Bushaltestelle. Sie musste gar nicht lange warten, schon eine Minute später kam der Bus. Es war eines der neuen, fahrerlosen Modelle. Die Türen öffneten sich automatisch. Laura hielt ihren Rucksack hoch, damit die automatische Erkennung den Button scannen konnte, der als Monatsfahrkarte diente. Die Lampe über der Eingangstür sprang kurz auf Grün, dann leuchtete sie wieder rot. In einem Feld daneben blinkte eine Schrift:

Bitte eine Hundefahrkarte lösen!

Einen Augenblick lang war Laura verwirrt.

Der Kalong, schoss ihr dann durch den Kopf. Eilig suchte sie in ihrem Portemonnaie nach ihrer Geldkarte, hielt sie gegen das Viereck neben der Tür und vernahm den Pieps, als das elektronische Zahlungssystem den Betrag abbuchte. Dann konnte sie endlich einsteigen. Sie suchte sich einen Platz und sank erleichtert auf einen Sitz am Fenster.

Während der Fahrt schmiegte sich der Kalong an ihren Hals. Sie konnte seinen Herzschlag spüren. Ungefähr nach der halben Strecke begann das Tier, leise zu wispern. Es waren eindeutig geflüsterte Worte, doch Laura verstand kein einziges davon. Der Kalong schien in einer fremden Sprache zu sprechen. Laura wühlte in ihrem Rucksack, zog ihr Smartphone hervor und rief eine Übersetzungs-App auf. Sie hielt das Gerät an ihre Schulter, in der Hoffnung, dass das Handy Jonathans Geflüster übersetzen konnte. Als sie kurz darauf wieder auf das Display schaute, stand dort:

Gesprochene Sprache: Gayo.

Aktuell kein kostenloses Wörterbuch verfügbar.

Wollen Sie die kostenpflichtige Ergänzung (19 $) kaufen? Ja/Nein?

Laura ärgerte sich, tippte auf Nein und steckte das Smartphone wieder ein. Jonathan hatte sein Gequassel ohnehin inzwischen eingestellt. Außerdem würde sie gleich aussteigen. Sie musste unbedingt Severin fragen, wie er sich mit seinem Flughund verständigte.

Der Bus hielt. Laura verließ ihn als Einzige und marschierte mit großen Schritten die Straße entlang. Bis zu Severins Adresse waren es zehn Minuten, wenn man flott ging, schaffte man es in sieben.

Außer Atem läutete Laura bei den Süßkinds. Severins Mutter öffnete.

»Hallo, Laura«, begrüßte sie das Mädchen. »Du kommst bestimmt wegen Severin. Leider muss ich dich enttäuschen, er ist nicht da. Vor einer halben Stunde hat er das Haus verlassen. Er hat mir auch nicht gesagt, wohin er will. Tut mir leid, wirklich.«

Laura schluckte. »Danke«, erwiderte sie und deutet auf den Kalong. »Jonathan saß plötzlich auf meiner Fensterbank, und ich wollte ihn Severin zurückbringen.«

»Er hat ihn schon vermisst«, sagte Frau Süßkind und streckte ihre Hände nach dem Flughund aus. »Severin wird froh sein, dass du ihn gefunden hast.«

Der Kalong fiepte so laut, dass Lauras Trommelfell vibrierte. Er versteckte sich hinter Lauras Rücken. Ganz offensichtlich wollte er nicht zu Severins Mutter. Laura stand einen Moment lang unschlüssig da.

»Ich fürchte, er mag mich nicht besonders«, meinte Frau Süßkind lächelnd. »Anfangs war ich dagegen, dass Severin ihn behält. Ich fürchte, das nimmt er mir immer noch übel.«

Laura lächelte zurück. Sie hatte das Gefühl, dass es einen anderen Grund gab, warum der Kalong bei ihr bleiben wollte. »Dann nehme ich ihn eben wieder mit, kein Problem. Severin wird mir bestimmt bald eine Nachricht schicken.« *Hoffentlich*, fügte sie in Gedanken hinzu.

»Alles klar«, erwiderte Frau Süßkind. »Du kannst auch gerne bei uns warten, wenn du willst.«

Laura dachte kurz an den schönen Garten. Genau wie sie selbst liebte Severin es, in einer Hängematte zwischen den Bäumen zu liegen. Dann schüttelte sie den Kopf.

»Ich glaube, ich besuche lieber meine Freundin Olivia. Sie wohnt gleich gegenüber.«

»Ganz wie du willst«, meinte Severins Mutter freundlich. »Auf Wiedersehen!«

Und die Tür schloss sich vor Laura.

Laura machte kehrt und überquerte die Straße, um

bei ihrer Freundin zu klingeln. Olivia machte große Augen, als Laura vor der Tür stand.

»Kein Praktikum mehr bei TEMP?«, fragte sie verblüfft. »Hast du deine Mutter überzeugen können, dass Asshoff ein Asshole ist?«

Laura schüttelte den Kopf. »Leider noch immer nicht. Kann ich reinkommen?«

»Klar.« Olivia trat zur Seite und entdeckte den Kalong. »Och, ist der süß! Hat Severin dich gebeten, eine Weile auf ihn aufzupassen? Darf ich ihn auch mal haben?«

Olivia hatte die nervige Angewohnheit, bereits die nächste Frage zu stellen, bevor Laura die erste beantwortet hatte. Trotzdem war Olivia ihre allerbeste Freundin, mit der sie alles besprechen konnte. Oder zumindest fast alles. Olivia war schwer verliebt in Severin, und Laura hatte ihr verschwiegen, dass es zwischen ihr und Severin manchmal knisterte. Solange sie für dieses neue Gefühl keine eindeutige Erklärung fand, wollte sie nicht darüber reden. Außerdem gab es momentan Dinge, die viel wichtiger waren.

»Samson konnte heute früh sprechen«, erzählte Laura. »Obwohl kein Achttag ist. Und Jonathan saß plötzlich auf meiner Fensterbank. Keine Ahnung, ob Severin ihn mir geschickt hat und ob Jonathan mir vielleicht eine Botschaft ausrichten soll. Im Bus hat er dauernd geflüstert, aber leider verstehe ich kein Gayo.«

»Gayo?«, Olivia zog die Augenbrauen hoch.

»Das spricht man auf Sumatra, woher Jonathan stammt«, antwortete Laura.

Am Ende des Flurs tauchte Frau Maurer auf, Olivias Mutter.

»Hallo, Laura«, begrüßte sie das Mädchen. »Praktikum schon zu Ende? Olivia hat mir erzählt, dass du in den Ferien bei TEMP arbeiten darfst.« Sie lächelte Laura an. »Respekt!«

»Stimmt, aber heute habe ich frei«, erwiderte Laura und spürte, wie ihre Wangen zu glühen anfingen. Die Firma TEMP war bei den meisten Leuten sehr angesehen. Auch Laura hatte sich zunächst gefreut, dass ihre Mutter dort einen tollen Job hatte. Inzwischen hatte Laura ihre Meinung über TEMP geändert, und das lag nicht nur daran, dass sie Bernd Asshoff so unsympathisch fand. Experimente mit der Zeit, wie sie die Firma durchführte, waren höchst gefährlich. Wenn die Zeit beherrschbar wurde, war es klar, dass reiche Menschen bald mehr davon haben würden als andere – beispielsweise einen achten oder sogar einen neunten Wochentag. Die Ungerechtigkeit auf der Welt würde dadurch noch größer werden …

»Oh, was ist denn das?« Frau Maurer entdeckte den Flughund und zuckte erschrocken zurück.

»Aber Mama, das ist der Kalong, von dem ich dir

erzählt habe.« Olivia verdrehte die Augen. »Wahrscheinlich hast du mir wieder einmal nicht zugehört.«

Frau Maurer fühlte sich in Jonathans Gegenwart sichtlich unwohl. Laura konnte es ihr nicht verübeln. Viele Menschen mochten keine Fledermäuse, und der Flughund Jonathan war ja so eine Art Maxi-Ausgabe davon. Sicher hatten die Gerüchte dazu beigetragen, manche Fledermaus-Arten würden sich von Säugetierblut ernähren. Laura wusste inzwischen, dass Jonathan am liebsten Früchte und Blüten fraß.

»Wollt ihr mit dem Tier hierbleiben?«, fragte Frau Maurer. »Aber dann bitte draußen im Garten.«

Laura überlegte kurz. »Ich glaube, wir fahren besser zu meinem Vater«, meinte sie. »Er freut sich sicher, wenn ich ihn besuche.«

Sie hatte zwar das Wochenende bei ihm verbracht, aber das erschien ihr bereits eine Ewigkeit her. Dazwischen hatte der Achttag gelegen, und der Schreck über die Dinge, die sich in der magischen Welt ereignet hatten, saß Laura noch immer in den Gliedern. Es drängte sie, Olivia alles zu erzählen.

»Gut.« Frau Maurer nickte. Sie wirkte erleichtert, dass Laura wieder mit dem Kalong abzog. »Aber bleib nicht zu lange, Olivia!«

»Ich hole nur schnell meine Sachen«, sagte Olivia. Sie lief in ihr Zimmer und kam kurz darauf mit ihrem

Rucksack zurück. »Es kann losgehen!« Sie winkte ihrer Mutter kurz zu, dann machten sich die Mädchen auf den Weg zur nächsten Bushaltestelle. Unterwegs berichtete Laura in Kurzfassung, was passiert war. Olivia wurde blass, als sie hörte, dass Severin in der Zeitlosigkeit gefangen gewesen war. Sie ballte ihre Hände zu Fäusten.

»Ich hasse diesen Darius! Er tut so, als würde er seine Tat bereuen! Dabei ist er ein Verräter!«

»Und ein Dieb«, ergänzte Laura. »Jetzt hat er eines von Magister Horatius' Notizbüchern gestohlen – und das ist vielleicht noch viel schlimmer als der gestohlene Schlüssel. Es könnte sein, dass sich unter den geheimen Aufzeichnungen auch Hinweise darauf finden, wie man die Zeit beherrscht. Und dann besitzt TEMP bald die Macht über die Zeit!«

»Glaubst du, er wird das Notizbuch an TEMP verkaufen?«, fragte Olivia bang.

»Darauf kannst du Gift nehmen«, sagte Laura. »Meine einzige Hoffnung ist, dass Darius sich noch immer in der magischen Welt aufhält.« Sie erinnerte sich, wie Darius über die Brücke des schwarzen Sees gerannt war. Nicht nur gerannt. Er war regelrecht geflohen, dieser Mistkerl!

Die beiden Mädchen hatten die Bushaltestelle erreicht. Bis der Bus kam, hatte Olivia eine Reihe Verwünschungen losgelassen und sich ganz genau ausgemalt, welche Strafe ihrer Meinung nach Magister Darius verdiente.

»Du sagst, dass es in dem schwarzen See unheimliche Wesen gibt! Ich würde diesen Darius ins Wasser werfen und verhindern, dass er ans Ufer schwimmt. Sollen diese Ungeheuer mit ihm doch machen, was sie wollen!«

Laura seufzte tief. »Komm, es nützt ja alles nichts. Lass uns einsteigen.«

Eine halbe Stunde später hatten sie die alte Villa erreicht, in der Peter Lilienstedt wohnte und seine Werkstatt hatte. Am liebsten restaurierte er alte Möbel, aber er konnte auch Schränke und Regale schreinern. Vor Kurzem hatte er die Kulisse für ein Theaterstück gebaut.

Olivia und Laura gingen durch den Garten zum Hintereingang der Villa. Schon von Weitem roch Laura den Duft nach Holz und Bienenwachs, den sie so liebte. Ihr Vater saß gerade auf der Terrasse und machte eine kleine Arbeitspause, eine Kanne Tee vor sich. Als er die Mädchen bemerkte, ging ein Strahlen über sein Gesicht.

»Hallo! Was für eine Überraschung! Mit Besuch habe ich heute überhaupt nicht gerechnet!«

»Hoffentlich stören wir nicht«, sagte Olivia höflich.

»Überhaupt nicht.« Peter Lilienstedt schüttelte den Kopf. »Ich freue mich! Wenn ich gewusst hätte, dass ihr kommt, hätte ich Kuchen besorgt.« Er rückte zur Seite, damit Laura auf der Bank neben ihm Platz nehmen konnte. Olivia zog für sich einen Gartenstuhl heran und setzte sich.

»Wen hast du denn da mitgebracht?« Lauras Vater betrachtete interessiert den Flughund, der sich in Lauras Shirt festgekrallt hatte. Jonathan fiepte leise und wandte ihm den Kopf zu. Zwischen den beiden herrschte Sympathie auf den ersten Blick.

»Das ist Jonathan«, sagte Laura. »Er gehört einem … Freund.«

»Ein Kalong«, sagte Peter Lilienstedt. »Sehr hübsches Tier und gut gepflegt. Dein Freund scheint sich gut um ihn zu kümmern, obwohl man solche Kalongs eigentlich nicht als Haustier halten sollte.«

»Severin hat ihn gefunden«, sagte Laura. »Ich glaube, es hat mit ihm eine besondere Bewandtnis.«

Peter zog die Augenbrauen hoch. »Jetzt machst du mich aber neugierig. Möchtest du mir darüber mehr erzählen?«

Laura und Olivia wechselten einen Blick.

»Er spricht Gayo«, platzte Olivia dann heraus.

Laura trat ihr unterm Tisch gegen das Bein. Olivia war manchmal wirklich ein Plappermaul!

Die Freundin sah sie fragend an. Laura versuchte, ihr durch Mienenspiel zu signalisieren, dass sie die Klappe halten sollte. Bevor sich Olivia noch mehr verquatschen konnte, sprang Laura auf und zog sie in den Garten.

»Komm, ich zeig dir meine Hängematte!«

»Die kenne ich doch schon!« Olivia kapierte nichts!

»Was ist?«, fauchte Olivia, als sie bei der Hängematte angekommen waren. Ein paar trockene Blätter lagen darin. Laura wischte sie mit einer Handbewegung weg.

»Hast du nicht gemerkt, dass du drauf und dran warst, meinem Vater alles zu verraten?«

Olivia runzelte die Stirn. »Ich dachte, du willst ihn um Rat fragen. Du vertraust ihm doch, oder? Jedenfalls mehr als deiner Mutter, stimmt's?«

Laura atmete tief durch. »Ja, das schon, aber das heißt ja nicht, dass ich gleich mit der Tür ins Haus fallen muss. Natürlich hätte ich gerne einen Rat, aber ich muss erst Severin fragen, wie viel ich meinem Vater erzählen darf.«

Olivia schnaubte ein bisschen. »Severin. Ja, natürlich.«

Laura zog ihr altes Handy hervor und rief Severin an. Leider ging nur die Mailbox dran.

»Severin, ich muss wirklich dringend mit dir reden. Es ist wichtig. Melde dich. Oder komm besser gleich zu meinem Vater.« Sie nannte die Adresse. »Ach, übrigens, Jonathan ist bei mir. Er saß auf meiner Fensterbank. Bis dann.« Sie drückte auf den roten Knopf.

In diesem Moment schien sich der Boden zu heben und zu senken. Die Welt ringsum verlor ihre Farbe. Alles wurde für ein paar Sekunden durchsichtig und sah aus wie aus Glas. Olivia quietschte laut auf und klammerte sich an Lauras Arm. Der Kalong riss sich los und flatterte kopflos durch den Garten, bis er schließlich einen Apfelbaum fand und sich dort festkrallte.

Nach wenigen Augenblicken war der Spuk vorbei. Olivia war blass wie ein Bettlaken.

»Was, in aller Welt, war das?«

Laura schluckte. »Ich fürchte, es geht früher los, als wir alle gedacht haben.«

Severin hatte sein Smartphone auf lautlos gestellt. Da es in seinem Rucksack steckte, merkte er nicht, wie es vibrierte und dass Laura mit ihm sprechen wollte. Severin war voller Wut. Am Morgen war er mit einem riesigen Groll auf Magister Darius aufgewacht. Dieser Verräter! Ein paar Stunden zuvor hatte er noch während des Achttags Reue geheuchelt – und Severin mit einem Vorwand in den *Raum der Ewigkeit* gelockt. Angeblich wollte er ihm zeigen, wie sich das Uhrwerk auch ohne den richtigen Schlüssel perfekt aufziehen ließ, wenn man gleichzeitig ein bestimmtes Zahnrad anhielt.

Severin machte sich jetzt noch Vorwürfe, dass er so naiv gewesen war und auf Darius' Trick hereingefallen war. Im Grunde hatte er gar nicht gemerkt, dass er in der Ewigkeit gefangen gewesen war, denn bis zu seiner Befreiung verging nicht mal ein Wimpernschlag Zeit. Für Laura musste es ein schrecklicher Anblick gewesen sein.

Du hast ausgesehen wie versteinert!

Noch immer hatte er ihren panischen Satz in den Ohren.

Aber fast noch schlimmer als seine Gefangenschaft in der Zeitlosigkeit fand Severin den Diebstahl des Notizbuchs. Er war überzeugt, dass Darius das Buch so schnell wie möglich an TEMP verkaufen wollte. Deswegen war Severin ohne Frühstück aufgebrochen, um den ehemaligen Gymnasiallehrer in seiner Wohnung aufzusuchen und ihn zur Rede zu stellen.

Leider begann der Morgen wie verhext. Als Severin für Jonathan eine Schüssel mit Früchten hingestellt hatte, war der Kalong – entgegen seiner sonstigen Angewohnheit – nicht sofort aufgetaucht. Selbst als Severin nach ihm gerufen hatte, war er nicht erschienen. Das war ungewöhnlich. Severin machte sich Sorgen. Hoffentlich war Jonathan auf seinem nächtlichen Ausflug nichts zugestoßen. Severin hatte immer Angst, dass Jonathan zu fremden Leuten gelangen könnte, die das ungewöhnliche Tier einfingen und einsperrten … Am liebsten hätte Severin nach Jonathan gesucht, aber er musste sich entscheiden. Und das gestohlene Notizbuch war wichtiger. Das Schicksal zweier Welten hing davon ab.

Severin fuhr mit dem Bus in die Innenstadt, aber unterwegs gab es eine Störung. Der Bus hielt zwanzig Minuten lang, ohne dass es weiterging. Severin wäre am liebsten ausgestiegen und zu Fuß weitergegangen, doch die automatischen Türen ließen sich nicht öffnen. Erst als ein Fahrgast eine Scheibe einschlagen wollte, fuhr der Bus wieder los.

Völlig verschwitzt erreichte Severin schließlich die Gartenstraße, in der Darius Vollenweider wohnte. Er drückte auf die Klingel und hörte es in der Wohnung läuten, aber niemand öffnete. Damit hatte Severin gerechnet. Jetzt kam ihm seine besondere Gabe zu Hilfe. Er war ein Meister darin, Schlösser und Codes zu knacken.

Die Wohnungstür besaß noch ein altmodisches Zylinderschloss. Severin griff in seinen Rucksack und holte sein Mäppchen mit dem Elektropick heraus. Mit ihm ließen sich die meisten Schlösser in kurzer Zeit öffnen. Zum Glück war der Akku geladen.

Severin konzentrierte sich. Jetzt bloß keinen Fehler machen! Er lauschte angestrengt auf ein bestimmtes Klicken, während er den Elektropick benutzte. Sein Nacken kribbelte, er spürte, dass dort der Schweiß perlte. Da! Geschafft!

Die Tür sprang auf, und Severin konnte die Wohnung betreten. Wie schon bei seinem ersten Besuch strömte ihm ein fast unerträglicher Geruch entgegen, so als wäre wochenlang nicht gelüftet worden. Schimmel, vergammelte Essensreste, fauliges Obst. Severin widerstand dem Impuls, die Hand auf den Mund zu pressen. Er bemühte sich, möglichst flach zu atmen.

Darius Vollenweider war ein Messie. Seine Wohnung war mit Dingen zugemüllt, die andere Leute wegwarfen, beispielsweise benutzte Pizzaschachteln. Im Flur war fast kein Durchkommen mehr, da sich dort Zeitungen und Zeitschriften vom Boden bis in Hüfthöhe stapelten. Obenauf lagen zahlreiche ungeöffnete Briefe – Rechnungen und Mahnungen, wie Severin vermutete.

Darius war nicht da. Er lag auch nicht schlafend oder ohnmächtig in seinem Schlafzimmer, in das Severin nur einen flüchtigen Blick warf und das er schnell wieder verließ. Auch hier herrschte das reinste Chaos: ein ungemachtes Doppelbett mit schmuddeligem Bettzeug, auf einer Seite ein Wäschekorb mit Schmutzwäsche. Der Teppichboden war abgenutzt und versifft. Eine Schar großer schwarzer Käfer krabbelte umher.

Severin kämpfte gegen den aufsteigenden Ekel an und ging schnell ins Wohnzimmer. Diesen Raum kannte er bereits, insofern war es für ihn keine Überraschung, wie chaotisch es auch hier aussah. Auf der Couch war kaum Platz zum Sitzen. Auf dem Tisch lagen Bücher und Prospekte, darauf standen mehrere benutzte Tassen. Severin scannte den Raum mit scharfem Blick. War hier irgendwo Magister Horatius' Notizbuch? Das ganze Durcheinander zu durchsuchen, würde Wochen dauern – und danach hatte man vermutlich eine ansteckende Krankheit!

Auf der Couch lag ein Papierstapel, der relativ neu aussah. Er hatte noch keine Kaffeeflecken oder Eselsohren. Severin trat näher heran und hob das oberste Blatt an. Es war eine Kopie und erinnerte Severin an eine Seite aus seinem Geometrieheft. Er sah genauer hin und konnte es fast nicht glauben: Das mussten lauter Kopien aus Horatius' Notizbuch sein!

Kurz entschlossen griff Severin nach dem Papierstapel, rollte die Blätter zusammen und schob sie in seinen Rucksack. Vermutlich befand sich das Original nicht mehr in der Wohnung.

Kaum hatte Severin den Reißverschluss zugezogen, begann der Boden zu schwanken. Für einen Augenblick schwanden die Farben, und Darius' Wohnzimmer wurde schwarz-weiß. Severin musste sich am Schrank festhalten, um nicht das Gleichgewicht zu verlieren. Er war sich nicht sicher, ob er eine Sinnestäuschung hatte. Vielleicht befanden sich ja giftige Stoffe in der Zimmerluft?

Er musste schleunigst hier raus! Wahrscheinlich war Darius Vollenweider bereits bei TEMP, um Bernd Asshoff das Notizbuch anzubieten. Vielleicht geschah es gerade in diesem Moment. Immerhin besaß Severin die Kopien. Jetzt kam es darauf an, wie schnell die Experten von TEMP aus den Aufzeichnungen schlau wurden …

Severin tastete sich in Richtung Ausgang, bemüht, so wenig wie möglich anzufassen. Aber bereits im Flur kehrten die Farben zurück, und alles schien wieder normal.

Mit einem mulmigen Gefühl verließ Severin die Wohnung.

Im Freien atmete er tief durch. Er hatte den Wunsch, seine Hände gründlich zu waschen. Oder am besten gleich ganz unter die Dusche zu springen, denn der Mief aus der Wohnung schien regelrecht in seinen Haaren zu kleben.

Als er an der Bushaltestelle wartete, erinnerte er sich an sein Smartphone. Er zog es hervor und hörte die Nachricht ab, die Laura ihm auf die Mailbox gesprochen hatte. Ihre Stimme klang panisch.

Bin in einer Viertelstunde da!, schrieb er zurück.

Die Grenzen schwinden

Darius Vollenweider wusste, dass sein Blutdruck längst eine ungesunde Höhe erreicht hatte. Doch mit etwas Glück würde er in einigen Stunden in Sicherheit sein, und dann begann für ihn ein neues, besseres Leben. Ohne Handicap.

Das Taxi hielt vor dem Flughafen. Darius bezahlte den Fahrer und stieg aus. Als er die Halle betrat, wurde seine Brust eng. So groß, so viele Leute. Er versuchte, sich zu orientieren. Die Ansagen dröhnten in seinen Ohren. Panik stieg in ihm hoch. Am liebsten wäre er umgekehrt. Doch jetzt war es zu spät, um alles rückgängig zu machen. Er musste seinen Plan durchführen, sonst würde er nie mehr unbeschwert leben können.

»Unbeschwert«, wiederholte er keuchend, wie um sich selbst zu überzeugen. Eine Frau, die gerade an ihm vorbeiging, sah ihn befremdet an. Na super, jetzt fing er auch noch an, mit sich selbst zu reden!

Der Schweiß perlte auf seiner Stirn. Er befahl sich, ruhig zu bleiben – ohne viel Erfolg.

»Das Schlimmste liegt hinter mir«, flüsterte er. »Jetzt geht es aufwärts.«

Nach einigem Herumsuchen entdeckte er den Schalter. Zum Glück war eine Dame gerade frei. Er näherte sich ihr mit hastigen Schritten, während ihm das Herz bis zum Hals schlug.

»Wie kann ich Ihnen helfen?«, fragte sie und lächelte ihn freundlich an.

Eine Frage, verdammt! Am liebsten hätte er sich die Ohren zugehalten. Er ertrug keine Fragen, verflixt noch mal! Sie machten ihn wahnsinnig. Je mehr Fragen, desto schlimmer. Sie begannen in seinem Kopf umherzuschwirren, wiederholten sich immer wieder, sodass zum Schluss unzählige Stimmen durcheinanderklangen.

Darius atmete hastig.

»Einen Flug nach Los Angeles«, stieß er hastig aus, während die ersten schwarzen Punkte vor seinen Augen tanzten. »So bald wie möglich.«

Die Angestellte sah in ihrem Computer nach. »Ein Flieger startet gerade, das Boarding ist leider schon beendet. Ich kann Ihnen einen Flug in zwei Stunden anbieten, aber es ist kein Direktflug, sie müssten in Oslo umsteigen.« Sie sah ihn an.

Umsteigen. Das klang nicht gut. Darius zögerte.

Wenn er sich beim Umsteigen verlief und in das falsche Flugzeug einstieg … Er musste unbedingt nach Los Angeles. Nur dort gab es diesen Therapeuten, der ihn heilen konnte.

»Ich will einen Direktflug«, verlangte er. Es hörte sich sehr unfreundlich an, das fiel ihm selbst auf. Der Mund der Angestellten wurde ein schmaler Strich. Sicher war sie jetzt sauer. Egal. Darius zog ein Tuch aus der Tasche seines zerknitterten Trenchcoats und wischte sich über die Stirn. Der Schweiß lief mittlerweile in Strömen, und das lag nicht nur daran, dass er zweihunderttausend Euro in seinem Koffer herumschleppte.

»Der nächste Direktflug geht morgen früh um fünf Uhr dreißig«, sagte die Angestellte. »Wollen Sie so lange warten?«

Wieder eine Frage. Die schwarzen Punkte vermehrten sich. Die Luft wurde knapp. Darius zerrte an seinem Kragen. Der oberste Hemdknopf sprang ab und prallte gegen die Rückseite des Computers.

»Oder wollen Sie jetzt doch lieber den Flug über Oslo?«

Noch eine Frage. Darius stöhnte auf. Die Angestellte starrte ihn an und wartete auf seine Antwort. Wie böse sie ihn ansah. Ihre Mundwinkel waren nach unten gerutscht, und ihre dunklen Augen wollten Darius durchbohren. Ihre Lippen waren so blutrot wie die eines Vampirs. Gleich würde sie ihre spitzen Zähne zeigen …

Darius taumelte zurück. Er musste weg! Weg von diesem Schalter! Jetzt erhob sich die Frau. Streckte den Arm aus und deutete anklagend auf ihn, sodass alle es sehen konnten. Er drehte sich um und rannte durch die Halle, prallte gegen eine Reisegruppe. Sein Koffer sprang auf, die Geldscheine wirbelten heraus, tanzten wie riesige Schneeflocken in der Luft und sanken dann auf den spiegelnden Marmorboden.

Darius hörte erschrockene und überraschte Schreie. Die ersten Leute bückten sich. Seine Panik hatte den Höhepunkt erreicht. Er ließ den Koffer fallen und rannte auf die Toiletten zu, stieß die Tür auf und sperrte sich in der Kabine ein. Dort blieb er zitternd und schwitzend sitzen, während eine große Welle Übelkeit über ihn hinwegschwappte.

Das war die Strafe! Niemals hätte er den Schlüssel und das Notizbuch stehlen dürfen. Das Geld, das man ihm dafür geboten hatte – jetzt war es verloren. Es nützte ihm nichts. Er hatte gehofft, damit nach Amerika zu fliegen und sich einer Therapie zu unterziehen, die ihn von seinem unerträglichen Schicksal erlösen würde. Sein größter Wunsch war es gewesen, wieder ein normales Leben zu führen. Keine einzige Frage sollte ihn mehr in Verwirrung oder gar in Panik versetzen, sondern er würde in der Lage sein, einfach darauf zu antworten. Genau, wie es andere Leute auch taten. Ohne dass ihnen der Schweiß ausbrach. Ohne dass ihnen die Knie zitterten. Und ohne, dass sie dabei Magenkrämpfe bekamen.

Deswegen hatte er die Welt des achten Tages verraten.

Aus egoistischen Gründen.

Alles war schiefgegangen.

Erschöpft lehnte Darius seinen Kopf gegen die Kabinenwand.

In diesem Moment begann der Boden zu beben. Alles wurde durchsichtig. Darius konnte von seinem Sitz aus die Eingangshalle sehen, in der sich die Reisenden um die Geldscheine prügelten.

Dann gab der Sitz unter ihm plötzlich nach. Darius wurde seitlich weggerissen und einem gewaltigen Sog ausgeliefert, der ihn durch Raum und Zeit zerrte.

Eine Reise ins Nirgendwo.

Oder gar in die Hölle?

War das der Tod?

»Nein, das eben war kein Erdbeben«, sagte Laura und blickte ihren Vater prüfend an. Sie legte ihr Smartphone weg. »Sonst wäre auf meiner Nachrichten-App schon eine Meldung gekommen.«

Olivia sah aus, als müsste sie sich gleich übergeben. Jonathan turnte auf ihrer Schulter herum. Ihn schien der Zwischenfall am wenigsten geängstigt zu haben.

Peter Lilienstedt versuchte, gefasst zu wirken, doch seine blasse Haut verriet Laura, dass er zutiefst betroffen war. Er konnte ihr nichts vormachen, dafür kannte sie ihn zu gut.

»Papa«, sagte Laura, »kannst du dir denken, was es war?«

Peter Lilienstedt wusste nicht, wohin mit seinen Händen. Er vermied Lauras Blick und starrte auf die Tischkante, während er nervös mit den Fingern die Holzmaserung nachfuhr.

»Die Welt des achten Tages«, begann Laura mit heiserer Stimme, »sie ist in großer Gefahr.«

Ihr Vater blickte auf. Er sah ihr direkt ins Gesicht – endlich. In seinen Augen stand Besorgnis. Er schluckte.

»O ja«, antwortete er. »Ich fürchte, wir haben auf ganzer Linie versagt.«

Laura blieb der Mund offen stehen. Sie hatte erwartet, ihr Vater würde nachfragen, was sie mit dem achten Tag meinte. Aber seine Antwort ließ darauf schließen, dass er bestens Bescheid wusste.

»Du ... du ... kennst diese Welt?«, stammelte Laura.

»Nicht wirklich«, erwiderte ihr Vater leise. »Ich bin nie dort gewesen. Aber ich weiß, dass es sie gibt.«

In Lauras Kopf wirbelte alles durcheinander. Dann war es alles kein Zufall. Dass die alte Villa, in der ihr Vater lebte, einst einem Uhrmacher gehört hatte. Und dass sie, Laura, die goldene Taschenuhr in einem alten Schreibtisch gefunden hatte, den ihr Vater restauriert hatte.

»Und du weißt auch … Mama und Asshoff … die Firma TEMP …« Laura wusste nicht, wo sie anfangen sollte. Jetzt konnte sie endlich offen reden, und alles wollte auf einmal heraus.

»Du fragst dich, warum deine Mutter ausgerechnet mit ihrem Chef befreundet ist«, fasste Peter ihre Worte zusammen.

Laura nickte hastig.

»Lass mich dir so viel sagen: Es ist nicht alles so, wie es auf den ersten Blick scheint«, sagte ihr Vater, und nun war seine Antwort wieder sehr rätselhaft.

In diesem Moment läutete das Telefon. Peter Lilienstedt erhob sich von seiner Bank, um ins Haus zu gehen.

Laura und Olivia wechselten einen Blick.

»Ausgerechnet jetzt«, zischte Olivia.

Laura nickte. Sie platzte beinahe vor Ungeduld. Was war nicht so, wie es auf den ersten Blick schien? Wollte ihr Vater sie etwa davon überzeugen, dass Bernd Asshoff ein sympathischer Mensch war, dem man bedenkenlos vertrauen konnte?

Das Telefonat schien sich hinzuziehen. Oder kam es Laura nur so vor? Immer wieder blickte sie auf die Zeitanzeige ihres Smartphones.

Bling! Eine neue Nachricht war eingegangen.

»Von Severin«, teilte Laura ihrer Freundin mit. »Er kommt bald.«

Olivias Wangen röteten sich, und ihre Augen begannen zu glänzen. Laura bekam wieder ein schlechtes Gewissen. Sie wusste, dass Olivia in Severin verknallt war – und zwar vom Scheitel bis zu den Zehenspitzen. Laura hätte ihr längst sagen müssen, dass ... ja, was eigentlich? Dass sie selbst Severin ganz gut fand?

Nur ganz gut?

Sie erinnerte sich, wie schlimm es gewesen war, als Severin in der Zeitlosigkeit gefangen war. Sie hatte befürchtet, dass er für immer verloren war. Ein schreckliches Gefühl.

Unsinn, ich bin nicht in ihn verliebt, dachte Laura.

Sie und Severin waren durch die magische Welt verbunden. Gemeinsam hofften sie, eine Katastrophe zu verhindern und die Welt des achten Tages zu retten. So etwas Wichtiges schweißte zwei Menschen zusammen, ohne dass man gleich verliebt sein musste.

»Mit wem telefoniert dein Vater?«, riss Olivia sie aus ihren Gedanken und machte eine Kopfbewegung zur Terrassentür hin.

»Keine Ahnung«, sagte Laura. »Ich kann schließlich nicht hellsehen.«

»Und was ist mit deiner Gabe?« Olivia grinste.

»Das Gedankenlesen funktioniert nur in der magischen Welt«, meinte Laura schulterzuckend.

»Weil du es hier nicht probierst«, sagte Olivia. »Versuch es doch mal.«

»Ich spioniere meinem Vater doch nicht hinterher«, erwiderte Laura empört.

Fünf Minuten später telefonierte Peter Lilienstedt immer noch.

»Vielleicht drückt er sich vor dem, was er uns sagen wollte«, vermutete Olivia. »Wahrscheinlich bereut er schon, dass er etwas angedeutet hat.«

Laura schnitt eine Grimasse. Genau dasselbe hatte sie gerade gedacht. »Ich glaube, du bist die Gedankenleserin von uns beiden.« Entschlossen stand sie auf. »Ich gehe jetzt rein.«

»Ich komme mit.« Olivia folgte ihr.

Sie fanden Lauras Vater vor der großen Pinnwand. Obwohl das Gespräch offenbar beendet war, hielt er das Telefon immer noch in der Hand. Er starrte auf die Einträge auf dem Kalender. Dort notierte er sich immer seine Aufträge. Manche Felder waren bunt markiert, damit er einen besseren Überblick hatte.

»Was ist nicht so, wie es scheint?«, hakte Laura nach.

Ihr Vater zuckte zusammen und drehte sich um. Sein Blick war gequält, und seine Augen wirkten so, als hätte Laura ihn gerade aus einer anderen Welt geholt.

»Deine Mutter hat angerufen«, sagte er tonlos. »Sie bringt nachher Elias vorbei.«

»Ist ... ist ihm etwas passiert?«, fragte Laura erschrocken. Ihr kleiner Bruder hatte häufiger Unfälle, weil er ungeheuer lebhaft war und manchmal keine Grenzen kannte. Erst kürzlich hatte er sich den Arm gebrochen und einige Tage im Krankenhaus verbracht.

»Nein, alles in Ordnung«, brummte Peter Lilienstedt. Dann seufzte er tief. »Nein, nichts ist in Ordnung, aber das hat nichts mit Elias zu tun. Valerie muss ...« Er zögerte.

Ich weiß nicht, ob ich ihr alles erzählen soll. Vielleicht ist es zu früh.

Laura starrte ihren Vater an. Sie hatte gerade seine Gedanken gelesen!

»Es ist nicht zu früh, Papa!«

»Wie ... was?« Er geriet ins Stottern, hob erstaunt die Augenbrauen und schüttelte dann den Kopf. »Das habe ich doch gar nicht gesagt!«

Laura ging nicht darauf ein. »Du kannst mir alles erzählen. Ich muss endlich wissen, was los ist!«, verlangte sie. Ihre Ungeduld war inzwischen so groß, dass sie am liebsten mit dem Fuß aufgestampft hätte.

»Ich brauche jetzt unbedingt noch eine Tasse Kaffee.« Lauras Vater ging in die Küche. Laura lief hinter ihm her wie ein Hündchen. Olivia verdrehte nur die Augen.

»Was ist mit Mama, und warum ist es nicht so, wie es scheint?«, fragte Laura zum dritten Mal. Sie hatte das Gefühl, gleich platzen zu müssen, wenn ihr Vater nicht endlich redete.

»Du weißt ja, dass wir uns vor einiger Zeit getrennt haben«, sagte Peter, während er Wasser in die altmodische Kaffeemaschine goss und Kaffeepulver in den Filter löffelte. »Es ist aber nicht so, dass sich Valerie und ich nicht mehr verstehen. Im Gegenteil.« Er wandte den Kopf und lächelte Laura an. »Wir ziehen am selben Strang!«

Was hieß das denn schon wieder? Laura blies die Backen auf. Die Eltern verstanden sich auf einmal? Und was war mit den ganzen Streitereien? Mit Valeries Vorwürfen, dass Peter ein Träumer war und sein Leben nicht auf die Reihe bekam? Dass er nicht für eine Familie sorgen konnte? Laura hatte den Eindruck, dass die Beine unter ihr wegknickten – ohne dass es eine weitere Erschütterung gegeben hatte.

»Kannst du dir nicht denken, warum Valerie den Job bei TEMP angenommen hat?«, fragte Lauras Vater.

»Um mehr Geld zu verdienen?«, antwortete Laura. »Viel mehr Geld?« Ihre Mutter hatte sich früher immer beklagt, dass sie sich so einschränken mussten, weil Peter Lilienstedt oft Möbelstücke zu Freundschaftspreisen restaurierte.

Ihr Vater schüttelte den Kopf. »So könnte man meinen, ja. Vor allem, weil ihr in dieses teure Hochhaus gezogen seid und euch den Haushaltsroboter und das selbstfahrende Auto angeschafft habt.«

»Aber was war es dann, wenn es nicht ums Geld ging?«, bohrte Laura nach.

In diesem Moment ertönte draußen auf der Terrasse eine Jungenstimme: »Hallo, ist jemand da?«

»Severin!«, quietschte Olivia freudig und wollte ihm entgegenstürmen.

Der Kalong war noch schneller. Er schoss quer durch die Küche, durch die offene Terrassentür und flog dann auf seinen Herrn zu.

Severin streckte Jonathan den Arm entgegen, damit er landen konnte.

»Ich habe eine gute und eine schlechte Nachricht«, verkündete er, als er die beiden Mädchen sah. »Ich habe Darius Vollenweider leider nicht mehr angetroffen, aber ich habe eine Kopie des Notizbuchs!«

Er nahm den Rucksack ab und holte einen Stapel Papiere heraus.

Da geschah es wieder. Der Boden bebte, diesmal noch heftiger als zuvor. Hinter Laura fiel Geschirr aus dem Küchenschrank. Während die Welt um sie herum durchsichtig wurde und die Farben schwanden, sah sie im Glas der Terrassentür das *Schloss der Ewigkeit* mit seinen acht Türmen. Der Kalong flog kreischend auf und kreiste über Olivia, die völlig die Orientierung zu verlieren schien. Sie wollte sich an Severin klammern, verfehlte ihn und hielt sich stöhnend an einem Gartenstuhl fest. Laura wollte ihr helfen und stolperte über die Türschwelle auf die Terrasse. Sie ruderte mit den Armen, um das Gleichgewicht zu wahren, und bekam Olivia zu fassen. Gleichzeitig klatschte der Kalong gegen ihre Brust, dann wurde alles dunkel, und Laura fiel in einem schwarzen Wirbel ins Nichts.

Verschwunden!

Severin keuchte und starrte ungläubig auf die Stelle, wo eben noch Olivia und Laura gestanden hatten. Auch der Kalong war nicht mehr da. Sie waren weg – wie vom Erdboden verschluckt. Die Farben waren in die Welt zurückgekehrt, und die Sonne schien vom Himmel, so als hätte es nie ein Beben gegeben. Die Vögel im Garten fingen wieder an zu zwitschern. Jetzt erst fiel Severin auf, dass sie zuvor verstummt gewesen waren.

Peter Lilienstedt wankte aus der Villa, das Gesicht schmerzvoll verzogen. Er blutete an der Schläfe. Dort hatte ihm ein herunterfallender Teller die Haut aufgerissen.

»Es wird immer schlimmer!« Seine Augen suchten Severin. »Die magische Welt verliert ihre Stabilität und reißt unsere mit.« Er streckte dem Jungen die Hand entgegen. »Hallo, ich bin Lauras Vater.« Sein Blick irrte umher. »Wo sind die Mädchen?«

»Weg«, sagte Severin tonlos. »Eben waren sie noch da und jetzt…« Er schluckte heftig. »Ich kann es nicht erklären.« Er hatte das Gefühl, gleich durchzudrehen. Sein erster Impuls war, den Garten und die Villa zu durchsuchen, aber er wusste, dass er die Mädchen dort nicht finden würde. Die beiden Welten mussten einander berührt haben – und Olivia und Laura waren irgendwie dazwischengeraten.

Peter Lilienstedt stand da wie versteinert. Seine Lippen begannen zu zittern, und das Zittern setzte sich in seinem Bart fort. Severin nahm den Mann am Arm und führte ihn zu der Gartenbank, damit er sich setzen konnte.

»Danke«, murmelte Lauras Vater.

»Sie wissen von der Welt des achten Tages?«, fragte Severin.

Peter Lilienstedt nickte. »Ich wollte den Mädchen gerade einiges erklären. Meine Frau und ich – wir haben Laura nicht die Wahrheit gesagt.« Er schlug die Hände vors Gesicht. »Wenn den Mädchen jetzt etwas zugestoßen ist! Wir hätten sie nie in die Sache mit hineinziehen dürfen!«

Severin konnte nur auf die kleinen Blutstropfen blicken, die von Peters Schläfe herabrannen und in seinem weißen Bart versickerten. Wortlos zog er ein Papiertaschentuch aus dem Rucksack und schob es Lauras Vater hin. »Sie bluten da ein bisschen.«

»Danke.« Peter Lilienstedt wischte sich die Wange ab. »Ist nicht schlimm.« Dann sah er Severin in die Augen. »Ich glaube, jetzt ist der richtige Moment gekommen, um dir etwas zu zeigen.« Er erhob sich ächzend und hielt sich einen Moment an der Lehne fest. »Komm mit ins Haus.«

»Sind Sie sicher, dass mit Ihnen alles in Ordnung ist?«, fragte Severin zweifelnd.

»Mir geht es gut.« Lauras Vater seufzte. »Ich mache mir aber große Sorgen um die Mädchen.« Er ging durch die Terrassentür ins Haus. Severin folgte ihm.

Sie durchquerten die Küche, dann das Wohnzimmer. Im Flur schloss Peter eine Tür auf. Eine steinerne Treppe führte in den Keller.

»Was ist da unten?«, wollte Severin wissen.

»Das wirst du gleich sehen«, brummte Lauras Vater.

Kühle Kellerluft stieg aus der Tiefe empor. Severin musste an all die Fälle denken, in denen junge Menschen viele Jahre in einem Verlies verbracht und nie das Tageslicht gesehen hatten, ohne dass die Nachbarn etwas bemerkt hatten. Sollte er da wirklich runter? Schließlich kannte er Lauras Vater kaum … Andererseits hatte Laura immer nur gute Dinge über ihren Vater erzählt. Es gab keinen Grund, ihm jetzt zu misstrauen.

»Es geht noch weiter«, sagte Peter, als sie im Keller

angekommen waren. Sie betraten einen Vorratsraum. Dort rückte Lauras Vater ein Regal zur Seite. Dahinter kam eine Metalltür zum Vorschein. Er zog einen Schlüssel aus seiner Hosentasche und sperrte auf. Quietschend öffnete sich die Tür. Severin staunte nicht schlecht, als eine weitere Treppe zum Vorschein kam.

»Die Villa hat zwei Kellerebenen«, erklärte Lauras Vater. »Nicht einmal Laura weiß von dem zweiten Stockwerk.« Er schaltete das Licht ein und ging voraus.

Mit einem mulmigen Gefühl folgte ihm Severin. Er fröstelte, denn hier war es deutlich kühler. Sie erreichten einen Gang. Es war ziemlich dunkel.

»Die Lampe ist kaputt«, entschuldigte sich Peter. »Ich hätte sie längst austauschen müssen.«

Auf dieser Ebene gab es keine Türen, sondern ein Raum führte in den anderen. Das beruhigte Severin etwas, denn wenn keine Türen da waren, konnte man auch niemanden einsperren. Es schien sich um eine alte Werkstatt zu handeln. Alles war unglaublich staubig. Auf den Tischen und Regalen lagen Werkzeuge und rostige Metallteile herum. Es war, als hätte jemand vor vielen, vielen Jahren gerade noch an etwas Wichtigem gearbeitet und dann von einem Moment zum nächsten die Werkstatt verlassen, ohne je zurückgekehrt zu sein.

»Die Villa gehörte einst einem Uhrmacher«, sagte Lauras Vater. »Leider war er spielsüchtig und deswegen hoch verschuldet. Wir konnten die Villa sehr günstig kaufen.«

»Ein Uhrmacher.« Severin wurde hellhörig. »Wie hieß er?«

»Horatius Wesselburg«, antwortete Peter Lilienstedt.

»Magister Horatius«, flüsterte Severin.

Auf dem Tisch stand eine Art Modell jenes Gebildes, das Severin im Raum der Ewigkeit gesehen hatte. Die Teile waren komplett verrostet und mit Spinnweben und Staub überzogen, aber es handelte sich zweifellos um dieselbe Anordnung: Acht Planeten kreisten um eine Sonne, die in diesem Fall von einem großen Zahnrad dargestellt wurde. Es wurde Severin heiß – trotz der kühlen Luft ringsum.

»Horatius war ein ausgesprochen kluger Kopf«, fuhr Peter fort. »Er hat Physik studiert und wurde erst später Uhrmacher. Von einem Tag auf den anderen verschwand er, und niemand hat ihn je wiedergesehen. Alle nahmen an, dass er sich wegen seiner Schulden das Leben genommen hatte. Sein Neffe ließ ihn schließlich für tot erklären, regelte den Nachlass und verkaufte die Villa.«

»Horatius ist nicht tot«, sagte Severin tonlos. »Er hat sich nicht umgebracht.«

»Das wissen wir inzwischen auch«, sagte Lauras Vater. »Er ist ein Spieler oder war es zumindest viele

Jahre lang. Hauptsächlich zu seinem eigenen Vergnügen hat er die Welt des achten Tages erschaffen und sich dorthin abgesetzt.«

»Wo sind wir?« Olivia sah sich ungläubig und zugleich fasziniert um. »Wow! Ist das die Welt des achten Tages?«

»Ja«, sagte Laura und schob ein paar fleischige Blätter zur Seite, die ihr die Sicht versperrten. Feuchte Schwüle trieb ihr den Schweiß auf die Stirn. Sie waren im Dschungel der magischen Welt gelandet. Dorthin hatten sie einmal mit Magistra Elisa einen Ausflug gemacht. Trotzdem wusste Laura nicht genau, wo sie waren, denn der Dschungel war groß. Wie sollten sie und Olivia da herausfinden? Wahrscheinlich konnte man hier tagelang herumstreifen, ohne auf den Park zu stoßen, in dem sich das *Schloss der Ewigkeit* befand.

Laura rappelte sich auf. Ihr Hinterteil fühlte sich etwas feucht an. Sie war mitten im Morast gelandet. Na super! Und Olivia war bei diesem Switch mitgekommen. Oje! Was hatte das zu bedeuten? Bisher hatte Laura geglaubt, dass nur bestimmte Menschen in die Welt des achten Tages gelangen konnten – und zwar solche, die dazu auserwählt waren, auch wenn das noch so blöd oder arrogant klang. Aber sowohl Laura als auch ihre Zimmergenossinnen brachten besondere Begabungen mit. Allerdings war dies hier kein gewöhnlicher Switch, sondern eher ein Unfall … Deswegen galten vielleicht andere Regeln.

»Bist du in Ordnung, Olivia?«, fragte Laura besorgt.

»Ich … ich glaube schon.« Auch Olivia kam auf die Füße. Sie drehte sich staunend im Kreis und befühlte ein großes Blatt, um sich zu überzeugen, dass es echt war. »Wahnsinn!« Sie quietschte vor Freude. »Jetzt kann ich endlich alles mit eigenen Augen sehen, wovon du mir erzählt hast! Deine Schule, die Feen, euer Zimmer mit dem exotischen Badezimmer …«

»Olivia, das ist kein Spaß!«, fauchte Laura. Olivia schien zu denken, dass die Welt des achten Tages so etwas war wie ein großes Unterhaltungsprogramm. »Keine Ahnung, was uns hierhergebracht hat! Es ist kein normaler Achttag! Die Welten müssen sich überlappt haben …«

»Ist … ist das gefährlich?«, fragte Olivia betroffen. Ihr Gesicht verlor auf einmal jegliche Farbe.

»Wir sind mitten im Dschungel, und ich habe keinen Schimmer, in welche Richtung wir gehen müssen, um rauszukommen. Außerdem hätte der Zeitpunkt nicht ungünstiger sein können.« Laura hatte so richtig schlechte Laune. »Mein Vater wollte uns gerade etwas Wichtiges erzählen!«

Es ist nicht alles so, wie es auf den ersten Blick scheint.

Warum hatte ihre Mutter angefangen, bei TEMP zu arbeiten? Jetzt würde sie vielleicht nie erfahren, was ihr Vater ihr hatte sagen wollen. Schließlich konnte es sein, dass sie tagelang im Dschungel herumirren mussten. Wenn wenigstens Anouk, Shirin oder Merle hier gewesen wären! Anouk hätte fliegen und sich aus der Luft einen Überblick verschaffen können. Shirin hätte dafür sorgen können, dass das Wetter gut blieb und sie nicht plötzlich von einem Regenschauer überrascht wurden. Und Merle… Sie hätte Verletzungen oder gar Schlangenbisse heilen können. Außerdem konnte sie verhindern, dass die Pflanzen zu üppig wucherten und ihnen am Ende den Weg versperrten. Vermutlich gab es in diesem Dschungel nicht nur harmlose Gewächse. Einige Pflanzen waren mit Sicherheit hochgiftig. Und andere konnten einen Wanderer mechanisch verletzen, entweder durch spitze Dornen oder durch Luftwurzeln, mit denen die Pflanze ihre Beute fing und erwürgte.

Laura stöhnte.

»Es ist ziemlich fies von dir, dass du sauer auf mich bist«, beschwerte sich Olivia und sah Laura finster an. »Ich bin nicht schuld daran, dass wir jetzt hier sind. Und ich kann auch nichts dafür, dass dein Vater Geheimnisse vor dir hat.«

Sie hatte recht. »Entschuldige«, sagte Laura zerknirscht. »Es tut mir leid. Ich komme mir nur so hilflos vor. All diese Dinge geschehen einfach, ohne dass ich es will. Ich hoffe, wir finden einen Weg durch diesen verflixten Dschungel.« Sie blickte an sich herab. Für eine solche Expedition war sie denkbar ungünstig angezogen. Genau wie Olivia trug sie Shorts, ein T-Shirt und an den Füßen leichte Sandalen. »Ich wünschte, wir hätten Gummistiefel und lange Jeans an.« Mücken oder Schlangen würden reichlich nackte Haut vorfinden, in die sie reinbeißen konnten!

Olivia legte den Kopf in den Nacken und starrte zum Himmel empor. »Ist Jonathan mitgekommen? Ein paar Sekunden lang hatte ich den Eindruck, als ob er bei uns wäre.«

»Ich weiß es nicht«, sagte Laura. Zum Glück trug sie noch ihren Rucksack, und im Innern befand sich eine fast volle Wasserflasche. Die würden sie dringend brauchen, während sie sich einen Weg durch den Dschungel bahnten.

Sie suchte im Gestrüpp nach zwei Stöcken und gab einen davon ihrer Freundin. »Wir müssen los. Keine Ahnung, wann es dunkel wird. Ich habe keine Lust, die Nacht im Dschungel zu verbringen.« Sie versuchte, sich an den Ausflug mit Magistra Elisa zu erinnern. Hatte der Dschungel nicht nördlich vom *Schloss der Ewigkeit* gelegen? Wenn ja, dann mussten sie nach Süden.

Laura versuchte, sich am Stand der Sonne zu orientieren. In der realen Welt war es mitten am Vormittag gewesen. Wenn die Uhrzeit hier etwa die gleiche war, dann musste die Sonne jetzt zwischen Osten und Süden stehen.

Laura deutete in die Richtung, die ihrer Meinung nach Süden darstellte.

»Hier entlang!«

Zur selben Zeit herrschte im Untergeschoss der Firma TEMP Aufregung und hektische Betriebsamkeit. Natürlich hatte man auch hier die merkwürdigen Phänomene bemerkt, die mit den Beben einhergingen.

Bernd Asshoff beugte sich über den Monitor eines Mitarbeiters. Dort war eine Grafik zu sehen, die aussah, als seien verschieden große Tannenbäume nebeneinander aufgereiht. Die Bäume wurden von links nach rechts größer und standen dichter beieinander.

»Die Vorfälle häufen sich«, sagte der Mitarbeiter.

»Das sehe ich.« Asshoff nickte zufrieden. Er war auf dem richtigen Weg. Sein Plan schien aufzugehen. Insgeheim war er stolz auf seine Menschenkenntnis. Er hatte gewusst, dass Darius Vollenweider käuflich war. Man musste diesem unsicheren Mann nur mit ein paar Worten schmeicheln und ihm eine schönere Zukunft vor Augen stellen. Natürlich hatte Vollenweider geglaubt, dass es diesen Therapeuten in Los Angeles wirklich gab.

Keine Sekunde lang hatte er daran gezweifelt. Es war so leicht gewesen, ihn mit dem Ausdruck einer falschen Webseite zu ködern. Vollenweider war voll darauf abgefahren. Und er hatte Asshoff nicht nur den richtigen Schlüssel gebracht, sondern ihm an diesem Morgen auch noch ein äußerst wichtiges Notizbuch übergeben.

Wenn es die entscheidenden Aufzeichnungen enthielt, dann war die Summe von zweihunderttausend Euro dafür geradezu lächerlich.

Eine Stimme riss ihn aus seinen Gedanken. »Dr. Asshoff, darf ich Sie kurz stören?« Bernd Asshoff drehte sich um. Einer seiner Techniker stand hinter ihm. Er trug einen weißen Ganzkörperschutzanzug und schob seine Schutzbrille hoch.

»Was gibt's, Lankers?«, fragte Asshoff.

»Erfolgsmeldung.« Der Techniker strahlte. »Wir haben einen Zugang geschaffen, Dr. Asshoff.«

Es dauerte eine ganze Sekunde, bis die Bedeutung dieses Satzes in Asshoffs Gehirn angekommen war.

»Tatsächlich?« Sein Blutdruck schoss in gefährliche Höhe. Er hatte nicht gedacht, dass sie so schnell das Ziel erreichten. Mit einer weiteren Woche hatte er mindestens gerechnet.

»Sie sind mein bester Mann, Lankers«, sagte er. »Großartige Arbeit!«

»Wenn Sie mitkommen, zeige ich Ihnen alles.«

»Natürlich will ich.«

Lankers ging voraus. An der Schleuse musste Asshoff wie jeder Techniker in einen Schutzanzug schlüpfen. Nicht einmal für den Chef gab es Ausnahmen. Nachdem er sich mehreren Sicherheitsmaßnahmen unterzogen hatte (Fingerabdruck, Iris- und Stimmerkennung), durfte er das Heiligtum betreten.

Ein weißer, nahezu leerer Raum.

Die anwesenden Techniker verschmolzen in ihren weißen Schutzanzügen fast mit dem Hintergrund. Eine Wand sah aus wie ein riesiger Bildschirm und zeigte einen dichten Dschungel.

Doch es war kein Video. Ein schwülwarmer Hauch streifte Asshoffs Stirn. Ein Geruch, der ihn an das Tropenhaus im Zoo erinnerte, drang in seine Nase. Ein schwarzer Falter löste sich aus der Wand und flatterte panisch durch den Raum.

»Fantastisch!« Asshoff ließ das Bild einige Augenblicke auf sich wirken. Endlich trug die Forschungsarbeit seiner Firma Früchte. »Als Nächstes gilt es, einen Erkundungstrupp zusammenzustellen. Sechs Mann. Wer meldet sich freiwillig?«

»Ich wäre sehr gern dabei, Dr. Asshoff«, sagte Victor Lankers sofort.

Asshoff musterte den schlanken, ehrgeizigen Mann, der in den USA Quantenphysik studiert hatte und einer seiner kreativsten Köpfe war. »Es ist nicht ganz ungefährlich. Ich würde Sie nur ungern verlieren.«

»No risk, no fun.« Lankers lächelte.

Asshoff ging im Geiste Lankers Profil durch. 29, Single, keine Kinder. Erst vor einem halben Jahr hatte er an einem Überlebenstraining teilgenommen und war deswegen für die Aufgabe sehr geeignet.

Asshoff nickte. »Okay.«

In diesem Moment spürte er, wie sein Smartphone in der Hosentasche vibrierte. Er ärgerte sich über die Störung, aber in seiner Position musste er immer erreichbar sein.

»Entschuldigung, Lankers. Ich bin gleich zurück. Suchen Sie sich inzwischen ein paar Kollegen für Ihren Trip aus.«

Asshoff eilte in den Vorraum, öffnete den Reißverschluss seines Overalls und fummelte umständlich das Handy aus seiner Hosentasche. Auf dem Display erkannte er die Nummer seiner Ex-Frau. Er unterdrückte einen Fluch und nahm ab.

»Alice, ich bin in der Firma«, sagte er unfreundlich. »Wie oft soll ich dir noch sagen, dass du nur anrufen sollst, wenn es unbedingt nötig ist?«

»Es geht um das Leben deiner Tochter«, erwiderte seine Ex-Frau am anderen Ende der Leitung. Ihre Stimme klang sehr kühl, was nach der Begrüßung kein

Wunder war. »Ist das wichtig genug? Rebekka liegt im Hildegard-Klinikum, und es sieht gar nicht gut aus.«

Klick. Sie hatte aufgelegt, bevor er nachfragen konnte, was passiert war.

Verlorene Träume und neue Hoffnungen

Asshoff kam sich vor wie ferngesteuert. Er sagte seinen Mitarbeitern Bescheid, dass er dringend wegmüsse. Sie sollten mit der Exkursion warten, bis er zurück sei, außer er würde ihnen telefonisch den Startschuss erteilen. Dann legte er so schnell wie möglich seinen Overall ab und suchte die Tiefgarage auf, wo sein selbstfahrendes Auto stand.

Auf dem Weg zur Klinik gingen ihm verschiedene Szenarien durch den Kopf. Was war geschehen? Hatte Rebekka einen Unfall gehabt? War Alice schuld? Oder war Rebekka etwas in der Schule passiert?

Er versuchte, seine Ex-Frau zurückzurufen, erreichte aber nur die Mailbox. Typisch für sie, ihn jetzt im Ungewissen zu lassen. Sie nutzte jede Gelegenheit, um ihn zu strafen oder zu verunsichern. Alice wusste, wie sehr er Rebekka liebte. Seine zwölfjährige Tochter war sein Ein und Alles, war es immer schon gewesen. Und seit sie im Rollstuhl saß und nie ein normales Leben führen würde, liebte er sie noch mehr als früher. Eine Liebe vermischt mit Schmerz und schlechtem Gewissen.

Er war schuld an ihrem Schicksal. Nie würde er sich verzeihen, dass es zu dem schlimmen Autounfall gekommen war, weil er sich damals am Steuer von seinem Smartphone hatte ablenken lassen. Er hatte nur schnell einen Blick auf die neueste Statistik werfen wollen, die ihm ein Mitarbeiter gemailt hatte. Eine, höchstens zwei Sekunden lang hatte er nicht aufgepasst und das entgegenkommende Auto zu spät gesehen. Instinktiv hatte er das Lenkrad nach rechts gerissen, um dem Wagen auszuweichen. Sein Auto hatte mit vollem Tempo die Leitplanke durchbrochen und sich ein paarmal überschlagen. Wie durch ein Wunder war Asshoff bis auf einige Prellungen und eine Gehirnerschütterung unverletzt geblieben, während Rebekka, die auf dem Rücksitz gesessen hatte, um ihr Leben kämpfen musste. Als sie nach drei Wochen endlich aus dem Koma erwachte, war sie von der Hüfte abwärts gelähmt. Die Ärzte teilten Asshoff und seiner Frau mit, dass Rebekka ab sofort im Rollstuhl sitzen musste und dass es keine Hoffnung auf Heilung ab.

Wegen des Unfalls war schließlich auch seine Ehe zerbrochen. Zwischen ihm und Alice gab es ständig Streit und Schuldzuweisungen. Um der unguten Stimmung zu Hause zu entgehen, hatte sich Asshoff in seine Arbeit gestürzt. TEMP baute gerade eine neue Abteilung auf, und er war verantwortlich dafür. Er zog aus dem Einfamilienhaus aus und nahm sich eine eigene Wohnung. Seine Tochter sah er nur noch jedes zweite Wochenende. Dann versuchte er jedes Mal, etwas Schönes mit ihr zu unternehmen: etwa den Besuch eines Zoos oder eines Vergnügungsparks, eines Musicals oder eines Theaterstücks. Rebekka war sehr tapfer, was ihre Behinderung anging, und ließ sich nie etwas anmerken. Ihm zerriss es jedoch fast das Herz, wenn er sie beispielsweise aus dem Rollstuhl in den Sitz der Wildwasserbahn heben musste. Wenn sie dann mit den anderen Kindern zusammen lachte, kamen ihm die Tränen. Warum hatte es diesen verdammten Augenblick im Auto gegeben? Hätte er aufgepasst, dann wäre der Unfall nicht geschehen!

Inzwischen benutzte er meistens ein fahrerloses Auto – so wie jetzt. Ungeduldig saß er auf dem Sitz, während der Wagen in gefühltem Schneckentempo durch die Straßen kroch, ewig lang an den Ampeln warten musste und dann langsam wieder anrollte. An diesem Tag hätte er gern selbst das Steuer übernommen, um zur Klinik zu brausen, anstatt in diesem selbstfahrenden Gefährt die Strecke entlangzuschleichen. Immer wieder blickte er auf die Zeitanzeige seines Smartphones. Die Minuten vergingen quälend langsam. Es kam ihm wahrscheinlich nur so vor, als würde der Wagen nicht schnell genug fahren. Alles schien in Zeitlupe abzulaufen. Dabei hätte er sich am liebsten in die Klinik gebeamt, um zu erfahren, was mit seiner Tochter los war.

Endlich erreichte der Wagen das Hildegard-Klinikum und rollte auf den Parkplatz. Asshoff stieg aus. Sein Magen zog sich zusammen. Das mehrstöckige, flache Gebäude erweckte unangenehme Erinnerungen. Dort hatte Rebekka wochenlang im Koma gelegen. Er und Alice hatten sie täglich besucht. Jedes Mal, wenn einer der Ärzte in weißem Kittel auftauchte, hatten sie auf gute Neuigkeiten gehofft. Die niemals kamen. Er erinnerte sich an seine Freude, als Rebekka endlich aus dem Koma erwacht war. Und dann der Schock, als sich alle Hoffnungen zerschlugen und ihnen mitgeteilt wurde, dass Rebekka für immer an den Rollstuhl gebunden sein würde.

Als er jetzt das Klinikum betrat, sorgte der typische Geruch nach Desinfektionsmittel dafür, dass all seine Gefühle und Ängste von damals zurückkehrten. Am liebsten wäre er umgekehrt, doch die Sorge um seine Tochter trieb ihn vorwärts. Seine Hände wurden feucht, als er an den Empfangstresen trat.

»Guten Tag, mein Name ist Dr. Bernd Asshoff. Meine Tochter Rebekka ist vor Kurzem eingeliefert worden.«

»Einen Moment.« Die Angestellte sah im Computer nach. Asshoff registrierte, dass sie zu stark geschminkt war und ihre Haare unter dem ständigen Färben litten. Ihm fielen solche Dinge auf, und sie flossen ganz automatisch in die Beurteilung eines Menschen mit ein. *Benutzt billige Produkte und hat nicht wirklich Geschmack.*

»Ihre Tochter liegt auf Station 8, Zimmer 4.«

»Danke.«

Er ging zum Fahrstuhl. Station 8 war die Station für Innere Medizin. Asshoff spürte Beklemmung, als er den Knopf drückte. Der Fahrstuhl fuhr nach oben. Mit einem *Pling* öffneten sich die Türen. Ein langer Gang lag vor ihm. Asshoff suchte die Zimmernummer. Als ein Arzt an ihm vorübereilen wollte, hielt er ihn auf.

»Entschuldigung ...«

»Ja?« Der Arzt blieb stehen und fixierte ihn mit einem unwilligen Blick. Brille, dunkles Haar, um die vierzig. *Dr. Singh* stand auf seinem Namensschild. Vermutlich Inder.

»Ich weiß, Sie haben es eilig. Ich suche nach Rebekka Asshoff. Sie müsste hier auf der Station sein. Können Sie mir sagen, was mit ihr ist?« Asshoff spürte, wie seine Hände feucht wurden. Diese Angst!

»Sind Sie Ihr Vater?«, fragte Singh.

»Ja.«

»Die Patientin hat eine schwere Lungenentzündung«, sagte der Arzt. »Wir behandeln sie mit Antibiotika und fiebersenkenden Medikamenten, außerdem bekommt sie zusätzlich Sauerstoff, damit sie besser atmen kann. Sie ist sehr schwach und braucht viel Ruhe.«

»Danke.«

Der Arzt eilte mit langen Schritten weiter.

Endlich hatte Asshoff das richtige Zimmer gefunden. Er desinfizierte seine Hände mit dem Mittel aus dem Wandspender und klopfte leise an die Tür. Keine Antwort. Behutsam drückte er die Klinke nieder und trat ein.

Es stand nur ein einziges Bett in dem großen Raum. Seine Tochter schlief. Verschiedene Geräte überwachten ihren Zustand. Eine Infusion tropfte in ihre Vene, außerdem führte ein schmaler Schlauch in ihre Nase. Ihr Gesicht war blass, die Augen geschlossen. Die dunklen Haare bildeten einen Kranz auf dem Kopfkissen.

Asshoffs Brust wurde eng. Rebekka sah wie immer so klein aus, so hilfsbedürftig. Sie wirkte wie zehn, nicht wie zwölf, war sehr dünn und zart. Er zog einen Stuhl herbei, setzte sich an ihr Bett und griff nach ihrer Hand, die über die Bettkante hing.

»Mein Engel.« Er spürte, wie ihm Tränen in die

Augen stiegen. Rebekkas Hand war eiskalt, so als wäre kaum noch Leben in ihr.

Wenn sie jetzt starb, was sollte er tun? Das wäre so furchtbar, jetzt, wo gerade ein Hoffnungsschimmer am Horizont auftauchte. So kurz vor dem Durchbruch. Wenn es ihnen gelang, die Zeit zu beherrschen, dann ließ sich der verdammte Unfall vielleicht rückgängig machen.

Lass es nicht zu spät sein!

Als hätte Rebekka seine Gedanken gelesen, begannen ihre Lider zu zucken. Sie öffnete die Augen, und ihr unsicherer Blick richtete sich auf ihn.

»Papa«, murmelte sie tonlos.

»O Rebekka!« Am liebsten hätte er sie in die Arme genommen, an sich gedrückt und nie mehr losgelassen. Doch er traute sich nicht angesichts der Geräte. Vielleicht würde der Alarm losgehen oder ihre Atmung aussetzen. Deswegen begnügte er sich damit, sie anzulächeln.

»Ich bin da, mein Schatz.«

Sie drückte seine Hand. »Warum bist du so traurig, Papa?«

Er hatte gar nicht bemerkt, dass ihm die Tränen über die Wangen liefen. Hastig wischte er sie weg.

»Ich bin doch gar nicht traurig, Becky. Ich freue mich, dass du aufgewacht bist.«

Sie lächelte zurück. Dann irrte ihr Blick durch den Raum.

»Wo ist Mama?«

In diesem Moment ging die Tür auf, und Alice kam herein. In der Hand trug sie einen Kaffeebecher, den sie sich am Automaten geholt hatte.

»Hallo, Schatz, du bist ja wach«, flötete sie und ignorierte Asshoff völlig. »Wie fühlst du dich, mein Spätzchen?«

Asshoff stand auf und überließ seiner Ex-Frau den Stuhl. Er selbst lehnte sich gegen die Fensterbank.

»Ich bin immer so müde«, sagte Rebekka und seufzte.

»Das sind die Medikamente, mein Schatz«, erklärte Alice. »Aber sie machen dich auch gesund. Du musst nur ein wenig Geduld haben.«

Rebekkas Augen suchten Asshoff. »Papa soll nicht weggehen.«

»Keine Sorge, ich bin ja noch da«, erwiderte er.

Alice streifte ihn mit einem giftigen Blick. Asshoff konnte fühlen, wie die Spannung im Raum stieg. Er wollte sich nicht mit Alice vor Rebekka streiten. Das hatte das Mädchen oft genug miterleben müssen.

»Daddy kann nicht lange bleiben, er muss wieder in seine Firma«, sagte Alice mit zuckersüßer Stimme. »Er ist nämlich ein sehr wichtiger Mann, weißt du?«

Er hörte die Ironie in ihren Worten. Wut stieg in ihm

hoch. Er zwang sich, ruhig zu bleiben. Alice schaffte es so leicht, ihn bis zur Weißglut zu reizen.

Er trat wieder an Rebekkas Bett. »Liebling, was würdest du sagen, wenn du vielleicht bald keinen Rollstuhl mehr brauchst?«

Die Augen seiner Tochter wurden groß wie Wagenräder. »Kann der Doktor meine Beine heilen? Wirklich? Und bekomme ich dann ein Pferd?«

»Mit etwas Glück kannst du bald wieder laufen«, versicherte er ihr. Er hörte, wie Alice die Luft einsog.

»Kann ich dich einen Moment sprechen, Bernd?«, fragte seine Ex-Frau. »Draußen auf dem Flur?«

Alarmstufe Rot.

»Natürlich.« Asshoff warf seiner Tochter eine Kusshand zu. »Wir sind gleich wieder da, mein Schatz.« Er folgte Alice, die bereits auf die Tür zusteuerte.

»Bist du verrückt?«, zischte Alice draußen auf dem Flur. »Wie kannst du Rebekka solche Hoffnungen machen? Niemand kann sie je heilen, das müsste inzwischen auch in deinem Schädel angekommen sein.« Sie blitzte ihn wütend an.

»Das ist mir klar«, erwiderte er barsch. »Aber du weißt, woran TEMP forscht. In den letzten Wochen haben wir erhebliche Fortschritte gemacht, und es ist nur noch eine Frage der Zeit, bis wir in der Lage sein werden, die Vergangenheit zu ändern.«

Alice zog die Augenbrauen hoch. »Das erzählst du mir jetzt schon seit Jahren. Aber gibt es einen einzigen Beweis? Einen einzigen Erfolg? Falls du vorhast, Rebekka als Versuchskaninchen zu benutzen – vergiss es! Dazu werde ich nie und nimmer meine Zustimmung geben!«

»Willst du denn nicht, dass sie wieder laufen kann?«

»Doch, aber nicht um den Preis, dass du mit ihr herumexperimentierst«, fuhr sie ihn an. »Du bist verantwortungslos. Dir geht es nur um dich. Du willst Karriere machen, auch auf Kosten anderer.« Sie musste Luft holen. »Du bist schuld, dass sie eine Lungenentzündung bekommen hat. Warum bist du mit ihr neulich ins Eisstadion gegangen? Sie war viel zu dünn angezogen. Im Rollstuhl kann sie sich kaum bewegen und friert leichter als andere Menschen. Warum hast du mir nicht gesagt, wohin du mit ihr willst?«

»Das ist uns erst eingefallen, als wir schon unterwegs waren«, verteidigte sich Asshoff. »Rebekka wollte unbedingt ins Stadion, nachdem sie ein Plakat gesehen hatte. Sie liebt das Eiskunstlaufen doch so.«

Eine Erinnerung blitzte in ihm auf. Rebekka, fünf Jahre alt, auf Schlittschuhen. Wie sie sich zur Musik bewegte und auf dem Eis ihre Kreise zog. Seine kleine Prinzessin. *Papa, wenn ich groß bin, will ich Eiskunstläuferin werden!* Die Trainerin hatte sie für begabt gehalten, und eine Zeit lang hatte Rebekka wie eine Verrückte trainiert. Doch dann hatte die Trainerin gewechselt, und Rebekka war mit der Neuen nicht klargekommen. Sie hatte das intensive Training aufgegeben und war nur zu ihrem Vergnügen gelaufen – bis zu dem verhängnisvollen Unfall.

Als Rebekka neulich bei ihrem gemeinsamen Wochenende das Plakat mit der Ankündigung eines regionalen Eiskunstlauf-Wettbewerbs gesehen hatte, gab es für sie kein Halten mehr. Wie durch ein Wunder hatten sie an der Kasse tatsächlich noch Karten bekommen. Rebekka hatte die Veranstaltung mit Begeisterung verfolgt und kein Wort darüber verloren, dass sie fror.

Es tat ihm leid, dass sie sich erkältet hatte und dass es zu einer Lungenentzündung gekommen war. Aber das hatte er wirklich nicht ahnen können.

»Du bist so ein eingebildeter Mistkerl!«, fuhr Alice ihn an. »Du kannst dich nie in einen anderen Menschen hineinversetzen. Ich werde Rebekka vor dir beschützen. Mein Anwalt wird dafür sorgen, dass du dich in Zukunft von ihr fernhalten wirst. Du wirst sie nicht für deine verdammten Experimente missbrauchen!« Damit ließ sie ihn stehen und ging in das Krankenzimmer zurück.

Asshoff atmete tief durch. Sollte er ihr folgen oder nicht? Er hatte Rebekka zwar versprochen, zu bleiben, aber wenn er jetzt in ihr Zimmer zurückkehrte, dann würden er und Alice sich garantiert weiterstreiten.

Die Entscheidung wurde ihm abgenommen, weil in diesem Moment sein Smartphone klingelte. Das Display zeigte eine Nummer der Firma TEMP an.

»Asshoff«, meldete er sich kurz angebunden.

»Hier ist Daniel Svensson«, sagte eine jung klingende Stimme aufgeregt. »Wir haben den Zugang gerade wieder verloren.«

»Verdammt«, knurrte Asshoff. »Wie konnte das passieren?«

»Das kann sich leider keiner von uns erklären.«

»Ich bin in einer halben Stunde da.«

»Es… es ist leider noch was.« Asshoff hörte, wie Svensson tief Luft holte. »Lankers und sein Team sind verschwunden.«

»Wie?«, schrie Asshoff. Ein stechender Schmerz machte sich in der Mitte seiner Stirn bemerkbar. Er hatte Lankers doch aufgetragen, mit dem Aufbruch zu warten, bis er den Befehl dazu gegeben hatte! Er würde Lankers entlassen! Oder ihn zumindest für einige Zeit vom Dienst suspendieren. Schließlich war er, Asshoff, immer noch der Chef!

»Sie sind einfach vor unseren Augen weggebeamt worden, Dr. Asshoff!«

Irrweg durch den Dschungel

»Laura, glaubst du, wir werden hier sterben?«, fragte Olivia im Jammerton. Wieder blieb sie stehen, um neue Kraft zu schöpfen.

Laura hatte das Gefühl, dass sie mehr Zeit damit verbrachten, Pause zu machen, anstatt sich durch den Dschungel zu kämpfen.

»Wir finden aus dem Urwald heraus«, sagte sie und bemühte sich, ihre Stimme zuversichtlich klingen zu lassen. »Ganz bestimmt.«

Sie hatte keine Ahnung, wie groß der Dschungel war, und wünschte sich, sie hätte eine Karte von der magischen Welt. Wie schön wäre es, wenn sie einfach das Navi ihres Smartphones benutzen könnte! Doch hier in der Welt des achten Tages gab es kein Internet und keine Telefonverbindung. Die einzige Funktion, die sich auf dem Smartphone nutzen ließ, war die Taschenlampe. Und die fraß enorm viel Akkuleistung!

»Nachts kommen sicher die Schlangen«, jammerte Olivia. »Und Mücken. Vielleicht auch blutsaugende Fledermäuse. Es würde mich auch nicht wundern, wenn es hier Krokodile gibt.«

»Vergiss die Dinosaurier und Drachen nicht!«, sagte Laura sarkastisch. Olivia ging ihr auf die Nerven. Es kostete Energie, ihre Beschwerden zu ertragen, und Laura brauchte jetzt wirklich alle Kraft, um nicht selbst ein heulendes Elend zu werden. Wenn wenigstens Severin hier gewesen wäre! Dann hätten sie sich gegenseitig trösten und Mut zusprechen können!

»Wie, es gibt hier auch Drachen?«, quietschte Olivia. »Das hast du mir gar nicht erzählt! Ich gehe keinen Schritt weiter!«

»War nur ein Spaß!«

»Oh, was bist du megafies, Laura!«

Laura stöhnte. Ein Streit mit Olivia war das Letzte, was sie jetzt brauchte. Sie benötigte einen kühlen Kopf und musste überlegen, wie sie mit ihren Kräften haushalteten. Wie sie am besten aus dem Dschungel kamen.

Früher hatte sie es sich immer romantisch vorgestellt, einmal im Wald zu übernachten. Sich mit den einfachsten Mitteln einen Unterschlupf zu bauen. Zu lernen, welche Beeren und Kräuter essbar waren. Wie man Wasser suchte und fand. Leider hatte ihre Mutter ihr nie erlaubt, ein Survival-Camp zu besuchen, und auch in ihrem Vater hatte sie ausnahmsweise einmal keinen Fürsprecher für ihren Wunsch gefunden. Jetzt würde ihr und Olivia so ein Wissen sicher viel nützen.

Wo bin ich? Ich habe solchen Durst…

»Ich auch«, sagte Laura, die überzeugt war, dass Olivia geredet hatte. »Aber wir müssen uns unseren Wasservorrat gut einteilen. Die Flasche ist nur noch knapp halb voll.«

»Hä? Ich habe doch gar nichts gesagt«, entgegnete Olivia.

Laura war irritiert. »Hast du nicht eben gesagt, dass du durstig bist?«

»Das bin ich schon, aber ich habe kein Wort davon gesagt«, meinte Olivia.

Laura runzelte die Stirn. Hatte sie etwa Olivias Gedanken gelesen? Sie konzentrierte sich. Die Stimme hatte sich anders angehört als die von Olivia. Rauer. Ein wenig heiser. Eher wie die eines alten Mannes.

Trotz der Schwüle bekam Laura eine Gänsehaut. Spielten ihr ihre Sinne jetzt schon einen Streich? Dabei waren sie höchstens zwei Stunden unterwegs, und wenn sie Pech hatten, mussten sie es vielleicht tagelang hier aushalten.

Ich darf mich nicht verrückt machen, dachte Laura. Ich muss für uns beide stark sein. Schließlich kenne ich die magische Welt, während für Olivia alles neu ist.

Und irgendwie bin ich ja auch daran schuld, dass sie hier ist.

Sie schlug mit dem Stock einige große Blätter beiseite. Ein paar schwarze Fliegen stoben auf und begannen, die Mädchen zu umkreisen.

»Weg mit euch, ihr blöden Viecher!« Olivia wedelte mit der Hand, um die großen Brummer zu verscheuchen. »Was für ekelhafte Biester! Einfach grässlich!«

Da schoss etwas Großes, Dunkles schräg von oben auf sie zu. Olivia erschrak so, dass sie rückwärts umfiel.

»Hilfe!«

Laura wirbelte herum. Sie erkannte Jonathan. Sie streckte den Arm aus, damit er landen konnte. »Hallo, Jonathan, hast du uns endlich gefunden?«

Der Flughund krallte sich auf ihrer Schulter fest. Laura war froh, dass er wieder bei ihnen war. Vielleicht würde jetzt alles wieder gut werden.

Olivia rappelte sich auf. »Ich bin so erschrocken! Ich dachte, ein Dämon greift mich an!«

»Du hast zu viele Horrorfilme geschaut«, sagte Laura.

Noch immer brummten die Fliegen um sie herum.

»Schnapp sie, Jonathan«, forderte Olivia den Kalong auf. »Gutes Futter für dich und Ruhe für uns!«

Laura seufzte. »Jonathan ist Vegetarier, weißt du das nicht? Er mag nur Früchte.«

»Schade«, sagte Olivia. »Ich dachte, er ist mit den Fledermäusen verwandt. Die fressen doch Insekten, oder?«

»Ja, die schon«, sagte Laura. »Aber Kalongs nicht.«

Ich werde verhungern. Wo bleibt mein verflixter Neffe mit dem Essen?

Laura schloss kurz die Augen. Da war sie wieder, die fremde Stimme. Diesmal klar und deutlich. Wessen Gedanken hatte sie da gelesen? Und war derjenige in der Nähe? Brauchte er gar Hilfe?

»Hallo, ist da jemand?«, schrie sie laut.

Jonathan beschwerte sich mit ärgerlichem Fiepen, dass sie so plötzlich losgebrüllt hatte.

»Tut mir leid«, sagte Laura und kraulte ihn. »Ich hätte dich vorwarnen müssen. Ich glaube, jemand ist in der Nähe. Ich konnte gerade seine Gedanken hören.«

»Krass«, sagte Olivia und trat neben Laura. »Wer war es?«

»Keine Ahnung«, sagte Laura, obwohl ihr inzwischen ein Verdacht gekommen war. Konnte es sich um Magister Horatius handeln? Immerhin hatte er seinen Neffen erwähnt. Magister Horatius war der Onkel von Magister Korbinian, den Laura ebenfalls schon in der Welt des achten Tages gesehen hatte.

»Komm, wir rufen gemeinsam«, forderte sie ihre Freundin auf. »Vielleicht bekommen wir dann eine Antwort.«

»Hallo, ist da jemand?«

»Wo sind Sie?«

»Brauchen Sie Hilfe?«

»Hallo!«

Die Mädchen lauschten.

Hat da jemand gerufen? Oder täuschen mich meine alten Ohren?

Wieder hörte Laura die fremden Gedanken. Leider konnte sie nicht sagen, aus welcher Richtung sie kamen. Mit ihrer neuen Gabe kannte sie sich noch viel zu wenig aus, und sie ärgerte sich darüber. Waren fremde Gedanken umso klarer und lauter, je näher man demjenigen war? Oder konnten Gedanken viele Kilometer überbrücken? Wenn derjenige allerdings ihre Rufe vernommen hatte, dann konnte er nicht allzu weit weg sein. Doch wo sollten die Mädchen nach ihm suchen? Laura drehte sich ratlos im Kreis.

»Jetzt müsste ich fliegen können wie Anouk!«

»Kannst du nicht Jonathan losschicken und durch seine Augen sehen?«, schlug Merle vor.

»Er ist doch keine Drohne«, antwortete Laura. »Klar wäre es super, wenn ich mich in seinen Kopf versetzen könnte. Aber das kann ich leider nicht.«

Muss mich getäuscht haben. Da hat niemand gerufen …

»Los, wir rufen noch einmal!«, schlug Laura vor.

»Wo sind Sie?«

»Wir sind ganz in der Nähe!«

»Geben Sie Antwort!«

Wieder spitzten die Mädchen die Ohren, und diesmal hatten sie Glück und hörten ein leises »Hilfe!«.

»Es kam von links«, sagte Olivia.

Laura war derselben Meinung. Die Mädchen änderten ihre ursprüngliche Richtung und kämpften sich mit ihren Stöcken nach links durch das Gestrüpp. Jeder Schritt war mühsam. Klebrige Blätter blieben an ihren Armen und Beinen haften. Laura spürte einen unangenehmen Juckreiz, und Olivia war bereits wieder am Jammern.

»An meinen Schenkeln krabbeln Ameisen hoch, iiiihhh!« Sie schnippte die Tierchen hastig weg. »Wenn sie giftig sind und mich beißen? Vielleicht bekomme ich dann einen allergischen Schock!«

Laura versuchte, sich ins Gedächtnis zurückzurufen, was Magistra Elisa ihnen damals über den Dschungel erzählt hatte, aber sie konnte sich kaum daran erinnern. Zu dem Zeitpunkt war sie mit ihren eigenen Problemen beschäftigt gewesen, mit der Suche nach ihrer Gabe und mit ihren zwiespältigen Gefühlen Merle gegenüber.

»Die Ameisen sind harmlos«, log Laura, um Olivia zu beruhigen. »Mach sie weg und geh weiter!«

Nach einigen Metern endete jedoch ihr Weg. Vor

ihnen lag ein Tümpel. Wunderschöne rote und orange Lilien wuchsen am Ufer. Die Wasseroberfläche war bedeckt von Seerosenblättern. Schillernde Libellen, so groß wie Tauben, surrten durch die Luft. Ein beeindruckender Anblick, aber die Biester waren wirklich eine Nummer zu groß.

Olivia war nachgekommen. Ihre Hand umkrallte Lauras Arm. »Sag mir, dass es nicht wahr ist, was ich gerade sehe!«

»Libellen sind harmlos.« Lauras Stimme klang rau.

»Sie können stechen«, widersprach Olivia.

»Können sie nicht«, sagte Laura.

»Doch. Ich hab mal eine festgehalten, und sie hat mich gestochen«, sagte Olivia. »Man konnte die Stelle am Finger genau sehen. Frag meine Mutter, wenn du mir nicht glaubst.«

»Dann hat sie dich nicht gestochen, sondern gebissen.« Laura blieb bei ihrer Meinung. »Aber du hast doch nicht vor, diese netten Tierchen hier anzufassen?«

»Nicht für tausend Euro!« Olivia stöhnte. »O Mann! Was gäbe ich dafür, jetzt zu Hause zu sein und nicht in diesem Dschungel! Wir könnten gemütlich im Café sitzen und einen leckeren Eisbecher essen. Oder wir könnten zusammen in deiner Hängematte liegen, und du könntest mir aus deinen altmodischen Märchenbüchern vorlesen. Hach! Alles wäre besser als dieses Abenteuer!«

Laura ließ sie reden und überlegte unterdessen, ob sich der Tümpel besser linksherum oder rechtsherum umrunden ließ. Das Wasser sah dunkel und unheimlich aus. So ähnlich wie das Wasser des Sees, der das *Schloss der Ewigkeit* umgab. Wer weiß, wie tief dieser Tümpel war und welche Kreaturen in ihm hausten! Auf keinen Fall würde sie einen Fuß ins Wasser setzen, obwohl es höchstens drei Meter bis zum anderen Ufer waren.

»Sind da Schnappschildkröten drin?«, plapperte Olivia weiter. »Als wir vor zwei Jahren im Urlaub waren, ist im See eine rumgeschwommen. Man durfte nicht baden, weil die Gefahr bestand, dass sie einem einen Finger oder einen Zeh abbeißt …«

»Du musst mir nicht noch mehr solcher Gruselgeschichten erzählen«, beschwerte sich Laura. Probeweise tauchte sie ihren Stock ins Wasser, um zu testen, wie tief der Tümpel war. Sie scheuchte einen blauen Frosch auf, der mit einem empörten »Quak!« zwischen die Seerosenblätter sprang und abtauchte.

»Ein Frosch, wie süß!«, quietschte Olivia begeistert. »Ich liebe Frösche!«

»Manche Frösche sind giftiger als Schlangen«, sagte Laura. »Südamerikanische Pfeilgiftfrösche beispielsweise. Die hab ich mal im Zoo gesehen. Ihre Haut bildet ein tödliches Sekret.«

»Du kennst ja auch Gruselgeschichten«, konterte Olivia.

»Ich wollte dich nur vor diesem hübschen Fröschchen warnen«, sagte Laura. »Du solltest es auf keinen Fall küssen und besser auch nicht anfassen.«

Olivia beschirmte ihre Augen. »Dort drüben sitzt jemand.«

»Bist du sicher?«

»Ja, ich habe gerade einen Kopf mit weißen Haaren gesehen!«

Lauras Verdacht, dass es sich um Magister Horatius handeln könnte, erhärtete sich. Der Mann war uralt, und es hieß, dass sein Verstand ihn immer öfter im Stich ließ. Dann wusste er nicht mehr, wo er war und was er gerade getan hatte. Manchmal erkannte er sogar nicht mehr die Leute, mit denen er ständig zu tun hatte. Sehr traurig. Dabei war Magister Horatius ein genialer Kopf.

»Er hat die Welt des achten Tages geschaffen«, murmelte Laura.

»Wie?«, fragte Olivia nach.

»Magister Horatius«, sagte Laura. »Ich fürchte, er ist es, der um Hilfe gerufen hat. Wahrscheinlich hat er sich im Dschungel verirrt. Ohne ihn gäbe es diese Welt nicht. Er hat sich das alles ausgedacht, nachdem er die technischen Voraussetzungen für einen achten Wochentag geschaffen hatte.«

Olivia pfiff durch die Zähne. »Diese ganze Welt hier? Jede Pflanze, jedes Tier?«

Laura nickte. »Es soll verschiedene Regionen geben. Auch eine Eiswüste. Manches ist noch nicht fertig, glaube ich. Ich kenne längst nicht alles.«

Olivia schwieg nachdenklich. Laura entschied sich, rechtsherum zu gehen. Dort gab es nicht ganz so viel Gestrüpp.

Sie kämpften sich wieder vorwärts. Trotz aller Vorsicht spürte Laura, wie ihre Sandalen einsanken und Wasser hineinsickerte. Sie bemühte sich, nicht an Würmer und Parasiten zu denken, die sich vielleicht im Tümpel tummelten. Würde sich Magister Horatius so etwas ausdenken? Oder entwickelte seine Fantasiewelt ein Eigenleben? Gab es da vielleicht auch eine Evolution?

Laura biss sich auf die Lippe. So viele Fragen! Ob Magister Horatius einige davon beantworten konnte, wenn er einen klaren Moment hatte?

»Wir sind gleich da«, rief sie laut. »Keine Angst!«

Als Antwort erhielt sie nur ein Grummeln.

Schließlich erreichten die Mädchen den alten Mann. Er trug einen gestreiften Schlafanzug und kauerte am Boden. Das Haar hing ihm wirr ins Gesicht. Auf seinen Wangen und am Kinn wuchsen weiße Bartstoppeln. Er wirkte, als sei er schon etliche Stunden unterwegs. Als Laura vor ihm stehen blieb, blickte er zu ihr auf.

»Warum bist du nicht in der Schule?«, fragte er streng. »Der Unterricht hat längst angefangen. Weißt du, was mit Schulschwänzerinnen passiert? Die müssen den Feen in der Küche helfen!«

Laura verkniff sich ein Grinsen. Anscheinend war Küchenarbeit hier die Strafe für alles! Auch sie war bereits einmal in den Genuss dieser Arbeit gekommen, weil sie mitten in der Nacht im *Schloss der Ewigkeit* unterwegs gewesen war.

»Ich habe noch Ferien«, antwortete sie. Das war nicht einmal gelogen. In ihrer Welt hatten sie gerade schulfrei, und eigentlich hätte Laura ihr Praktikum bei TEMP fortsetzen müssen, hätte es nicht diesen Vorfall mit dem Moskito-Spiel gegeben.

Magister Horatius fragte nicht nach. Er ließ sich von Laura hochziehen und klopfte seine Hosenbeine ab.

»Wissen Sie, wo es zum *Schloss der Ewigkeit* geht?«, erkundigte sich Laura.

»Das müsstest du doch selbst am besten wissen«, fuhr der Alte sie an. »Du bist doch schließlich von dort ausgebüxt!«

Er weiß den Weg nicht mehr, schoss es Laura durch den Kopf. Ihr Mut sank. Sie ließ die Schultern hängen. Das veranlasste Jonathan, seinen Platz zu wechseln und sich noch ein bisschen fester in ihr T-Shirt zu krallen. Sie wechselte mit Olivia einen Blick.

»Wie wär's, wenn wir versuchen, seine Spuren zurückzuverfolgen?«, schlug die Freundin vor.

Laura nickte und überlegte. Das klang zunächst nach einer guten Idee. Aber wie lange waren Spuren im Dschungel sichtbar? Richteten sich die Pflanzen nicht nach einiger Zeit wieder auf, sodass man keine abgeknickten Stängel mehr erkennen konnte? Laura hielt sich nicht gerade für eine exzellente Fährtenleserin. Außerdem konnte es sein, dass Magister Horatius im Kreis oder zickzack gelaufen war ... Aber hatten sie überhaupt eine Wahl?

Ein Schritt in die andere Welt

Severin starrte ungläubig auf das rostige Gebilde, das sich im zweiten Untergeschoss der Lilienstedt-Villa befand. War hier tatsächlich der Ausgangspunkt für die geheime magische Welt?

»Sie wissen also schon länger, dass es einen achten Tag gibt?«, fragte er Lauras Vater.

Peter Lilienstedt nickte. »Kurz nachdem wir die Villa gekauft haben, begannen merkwürdige Vorfälle. Mehrfach ist bei uns eingebrochen worden, ohne dass etwas gestohlen wurde.«

»Davon hat Laura gar nichts erzählt«, sagte Severin.

»Sie weiß es nicht«, erwiderte Lauras Vater. »Wir haben die Einbrüche vor den Kindern verheimlicht, um sie nicht zu beunruhigen. Eines Tages hat meine Frau das zweite Untergeschoss mit diesem Laboratorium entdeckt. Sie fand auch einige Aufzeichnungen.« Er räusperte sich. »Es ließ ihr keine Ruhe. Valerie kann sich richtig festbeißen, wenn sie einem Geheimnis auf der Spur ist. So kam es, wie es kommen musste. Eines Tages geriet sie in die Welt des achten Tages.«

Severin schluckte schwer. Das war eine Überraschung! »Vor hier aus?«, fragte er mit rauer Stimme.

Peter Lilienstedt nickte. »Von diesem Keller aus. Auf diese Weise muss sich auch Horatius Wesselburg in seine neu geschaffene Welt abgesetzt haben.« Er machte eine kurze Pause, als müsste er überlegen, wie viel er Severin anvertrauen durfte. »Du kannst dir vielleicht vorstellen, wie aufgeregt wir über die Entdeckung waren. Jetzt konnten wir uns auch die Einbrüche erklären. Meiner Frau und mir war klar, wie gefährlich Horatius' Erfindung war. Wenn sein Wissen in falsche Hände geriet, dann würde nichts mehr so sein, wie es war. Alles würde sich komplett ändern. Wer die Macht über die Zeit hat, beherrscht praktisch die Welt. Horatius Wesselburg war ein Spieler, er besaß ein kindliches Gemüt. Es ging ihm nicht um Macht, sondern um sein Vergnügen. Er erschuf sich seine eigene Welt, in der auch Magie eine Rolle spielte.«

Severin konnte Horatius' Leidenschaft gut nachvollziehen. Es gab genügend Menschen, die sich gern in fremde Länder oder Zeiten träumte, beispielsweise die Teilnehmer an Rollenspielen oder an mittelalterlichen Festen. Auch Severin beschäftigte sich gern mit Computerspielen. Oft tauchte er darin ganz ab und vergaß völlig seine reale Umgebung. Eine fremde Welt mit all ihren Details war sehr reizvoll, man konnte regelrecht süchtig danach werden.

»Die ganze Sache ist sehr gefährlich«, wiederholte Peter Lilienstedt. »Vor allem, weil alles außer Kontrolle geraten kann. In der Welt des achten Tages wurden Prozesse in Gang gesetzt, die inzwischen ein Eigenleben entwickeln. Solange die Grenzen zwischen unserer Welt und jener stark genug sind, bleibt alles noch einigermaßen überschaubar. Aber du hast ja selbst gemerkt, dass die Trennung nicht mehr gewährleistet ist. Zum einen wegen des fehlenden Schlüssels. Zum anderen, weil die Magie sich in der Welt des achten Tages ausbreitet und auch unsere Welt berührt.«

»Was heißt das?«, hakte Severin nach. »Bedeutet das, dass es auch in unserer Welt Magie geben könnte?«

»Möglicherweise«, räumte Lauras Vater ein. »Das wissen wir nicht genau, und es ist besser, es nicht darauf ankommen zu lassen. Valerie, ich und noch einige andere Leute, die eingeweiht sind, sehen uns als Hüter der Welt des achten Tages an.«

»Lauras Mutter? Aber die arbeitet doch bei TEMP…« In Severins Kopf wirbelten die Gedanken durcheinander. War Valerie Lilienstedt eine Verräterin? Sie war doch mit Bernd Asshoff zusammen. Laura hatte berichtet, dass ihre Eltern sich getrennt hatten. Bei Peter Lilienstedt hingegen klang es so, als würden er und Valerie ein gemeinsames Ziel verfolgen …

»Wir haben Laura, Elias und etliche andere Leute belogen«, gestand Lauras Vater. »Wir mussten dieses Spiel spielen, um die Welt des achten Tages möglichst lange vor TEMP zu schützen. Wir fanden nämlich bald heraus, wer hinter den Einbrüchen steckte. Um an Informationen zu kommen, nahm Valerie den Job bei TEMP an. Wir trennten uns, damit das Ganze glaubwürdiger war. Es tut mir leid, dass Laura und Elias deswegen so leiden mussten, aber es ging nicht anders.«

Severin musste das Gehörte erst verdauen. »Dann … ist Ihre Frau so eine Art Spionin?«

Peter Lilienstedt nickte. »Wenn du es so nennen willst. Mir gefällt der Begriff *Hüterin* allerdings besser.«

Severin dachte an Laura. Was hatte sie alles durchmachen müssen! Valerie und Peter Lilienstedt hatten ihre Rolle sehr glaubwürdig gespielt. Severin spürte, wie sich Empörung in ihm ausbreitete. Durfte man seine Kinder so belügen, selbst wenn es einer guten Sache diente? Hätten die Eltern ihnen nicht die Wahrheit sagen müssen? Sicher, dann hätte die Gefahr bestanden, dass Laura oder Elias das Geheimnis aus Versehen ausplauderten, selbst wenn die Eltern ihnen eingeschärft hätten, unbedingt zu schweigen. Bei einer besten Freundin oder einem guten Freund machte man schon einmal eine Ausnahme ... Und so skrupellos, wie die Leute von TEMP waren, hätten sie sicher auch nicht davor zurückgeschreckt, die Kinder anzusprechen oder gar zu entführen, um an dieses Wissen zu gelangen. Die Wahrheit war hier hochgefährlich. Severin wusste nicht, wie er gehandelt hätte.

»Vielleicht haben wir einen Fehler gemacht«, räumte Peter Lilienstedt ein. »Auch mir ist die Situation nicht leichtgefallen, vor allem nachdem der Kontakt zwischen Valerie und Bernd Asshoff immer enger wurde.« Er lachte kurz auf. »Was glaubst du, wie oft ich nachts in meinem Bett lag und überlegte, ob Valerie nicht doch die Seite wechselt. Oder wie weit sie geht, um Informationen aus Asshoff herauszukitzeln. Das wollte ich mir gar nicht vorstellen.« Sein Gesicht verzog sich. »Wir haben es uns wirklich nicht einfach gemacht. Aber manchmal muss man Opfer bringen und die eigenen Interessen zurückstellen.«

Severin nickte automatisch. Er wusste nicht, wie er reagieren würde, wenn seine Eltern ihn dermaßen getäuscht hätten. Würde er ihnen jemals wieder vertrauen können? Sicher wäre er wütend und gekränkt.

»Ich lass dich mal hier unten allein«, sagte Peter Lilienstedt. »Du kannst dir in Ruhe alles ansehen. Valerie wird in Kürze zu dir kommen. Ich muss mich dann um Elias kümmern.« Er klopfte Severin auf die Schultern. »Viel Glück! Ich weiß, dass man sich auf dich verlassen kann. Du machst einen guten Job und bist Valerie sicher eine große Hilfe!«

»Ich hoffe es«, murmelte Severin.

Peter Lilienstedt lächelte ihm noch einmal aufmunternd zu, dann drehte er sich um und entfernte sich. Severin hörte, wie er die Treppe hochstieg, und atmete tief durch.

Alles war anders, als er gedacht hatte.

Lauras Eltern waren Hüter der magischen Welt!

Elias zog eine Grimasse. Ihm war zu heiß, außerdem gefiel es ihm nicht, dass seine Mutter es so eilig hatte. Er war noch immer sauer, dass er nicht mehr mit dem Moskito-Spiel spielen durfte. Das hatte solchen Spaß gemacht! Und wie sich Laura darüber aufgeregt hatte, als die metallischen Mücken überall in der Wohnung herumgeschwirrt waren!

»Lass mich!« Er befreite seine Hand aus der seiner Mutter. »Ich bin doch kein Baby mehr!«

»Ich will nur verhindern, dass du wieder stolperst und hinfällst«, sagte Valerie ungeduldig. »Dein Arm ist noch nicht in Ordnung. Wir können froh sein, dass es kein komplizierter Bruch war.«

Elias senkte den Kopf. Er wusste, dass er seiner Mutter oft Kummer machte. Manchmal war es, als hätte sich die ganze Welt gegen ihn verschworen. Immer standen plötzlich Gegenstände im Weg, die vorher nicht da gewesen waren. Bordsteinkanten waren auf einmal höher, Äste hingen tiefer, und der Türrahmen war im Weg, wenn er schnell aufs Klo musste. Er hatte aufgehört zu zählen, wie oft er schon in der Notaufnahme gewesen war.

»Bleibst du auch bei Papa?«, quengelte er, als sie die alte Villa erreicht hatten und durch den Garten zum Hintereingang liefen.

»Tut mir leid, Schatz, aber ich muss noch etwas Wichtiges erledigen«, antwortete seine Mutter.

»Nie hast du Zeit für mich!« Elias spürte, dass die Wut wie eine Stichflamme in ihm hochschoss. Am liebsten hätte er sich vor Zorn auf den Boden geschmissen, aber das traute er sich nicht wegen seines Gipsarmes. »Du hast gesagt, du nimmst dir frei! Dabei gehst du wieder in die blöde Firma! Du hast mich angelogen!« Er stampfte mit dem Fuß so heftig auf, dass der Riemen seiner Sandale durchriss und der Schuh ein Stück davonflog.

Valerie stöhnte. »Nicht schon wieder! Die Sandalen habe ich dir erst vor vier Wochen gekauft.«

Elias schob trotzig die Unterlippe vor. Er konnte doch nichts dafür, wenn ständig Dinge kaputtgingen!

Einfach so! Knöpfe sprangen von seiner Hose, Schnürsenkel rissen, Halsausschnitte waren zu eng für seinen Kopf. Laura hatte schon behauptet, dass es einen unsichtbaren Geist geben müsste, der alles ruinierte, was Elias anfasste.

»Vielleicht kann Papa die Sandale richten«, murmelte Elias, während er neben seiner Mutter zur Terrasse hüpfte, den kaputten Schuh in einer Hand.

»Ja, vielleicht«, meinte Valerie.

»Papa kann so was! Er macht viele alte Sachen wieder heil!«

»Ja, das macht er«, wiederholte seine Mutter so mechanisch, wie es Amy manchmal tat, wenn Elias mit tausend Fragen testete, wann die Geduld des Haushaltsroboters zu Ende war.

Papa saß auf der Terrasse und legte seine Zeitung weg, als er Elias und Valerie sah.

»Schön, dass ihr da seid«, rief er. »Fein, dass du einen Ferientag bei mir verbringst, Elias!«

»Darf ich ins Turmzimmer?«, bettelte Elias gleich.

Das Turmzimmer war normalerweise für ihn verboten, es war Lauras Reich. Seine Schwester zog sich dorthin zurück, wenn sie ihre Ruhe haben wollte. Nur manchmal, wenn sie ausgesprochen gute Laune hatte, durfte Elias das Zimmer betreten.

»Du weißt doch, dass Laura das nicht will«, sagte

sein Vater. »Es gibt hier wirklich genügend Räume, in denen du spielen kannst. Du darfst mit mir in die Werkstatt, ja? Willst du mir mit den Möbeln helfen?«

»Hast du wieder ein kaputtes Uhrwerk?«, fragte Elias hoffnungsvoll. Vor Kurzem hatte er seine Leidenschaft für das Innenleben von Uhren entdeckt.

»Vielleicht. Ich muss nachsehen.« Peter Lilienstedt streckte die Hand nach ihm aus, und gemeinsam gingen sie in Richtung Werkstatt. Als Elias sich noch einmal umdrehte, sah er, wie seine Mutter durchs Wohnzimmer huschte.

»Bleibt Mama jetzt doch da?«, fragte Elias. Er hatte damit gerechnet, dass sie gleich wieder gehen würde.

»Nein, leider nicht«, antwortete sein Vater. »Sie wird wahrscheinlich nur kurz etwas holen. Wir beide vertreiben uns schon mal mit etwas Schönem die Zeit, auch ohne sie, oder?«

Elias seufzte. »Nur, wenn du ein Uhrwerk für mich hast.«

Valerie Lilienstedt kam die Treppe herunter. Ein bunter, mehrlagiger Rock umspielte ihre Beine. Auch das Oberteil war etwas eigenwillig aus verschiedenartigen Stoffen zusammengenäht.

»Hallo, Severin! Mein Mann hat dich ja bereits eingeweiht.«

Severin nickte. Erst als Valerie eine lockige Perücke aufsetzte, dämmerte es ihm.

»Sie ... Sie sind Magistra Elisa!«

»Genau«, bestätigte Valerie. »Ich muss in der Welt des achten Tages diese Rolle spielen. Laura hat mich einmal schon fast erkannt, aber dann hat sie sich zum Glück von meinem jüngeren Aussehen täuschen lassen.«

Severin runzelte die Stirn. »Wie haben Sie das fertiggebracht? Haben Sie sich stundenlang geschminkt?«

Valerie lachte kurz auf. »Nein, das hat die Magie gemacht. Aber jetzt lass uns keine Zeit verlieren. Die Ereignisse überschlagen sich momentan. Magister Darius hat die Unterlagen an TEMP verkauft, und damit gelingt denen wahrscheinlich der Durchbruch. Wir müssen schneller sein, um zu retten, was zu retten ist.«

»Laura und Olivia sind vorhin verschwunden«, teilte Severin ihr mit. »Einfach so. Vor meinen Augen. Ihr Mann hat es auch gesehen.«

»Die beiden Welten haben sich kurz überlappt«, erwiderte Valerie. »Das wird jetzt noch öfter passieren, falls wir das Gleichgewicht nicht wieder herstellen können. Es ist zu schade, dass Magister Horatius so oft durcheinander ist und vieles vergisst. Sonst könnten wir das Problem vermutlich schnell in den Griff bekommen. So aber müssen wir befürchten, dass sein Wissen in falsche Hände gerät. In *ganz* falsche Hände.«

»TEMP?«, fragte Severin nur.

»Ja. Schon vor Jahren wurde dort eine große Abteilung geschaffen, die die Welt des achten Tages ausschnüffeln soll«, sagte Valerie. »Kurz danach habe ich in der Firma angefangen. Asshoff und seine Mitarbeiter suchen schon lange nach einem Zugang. Bisher sind sie immer gescheitert, aber heute Morgen …«

»Dieser verdammte Darius!«, stieß Severin aus.

»Ich hätte ihm diesen Verrat nie zugetraut«, meinte Valerie. »Er wirkte so zufrieden, dass er im *Schloss der Ewigkeit* unterrichten durfte. Er hat sich so oft bei mir dafür bedankt. Es macht ja auch total viel Spaß, mit Jugendlichen zu arbeiten und zu sehen, wie sie ihre Fähigkeiten entwickeln. Ich hatte gehofft, wir könnten sie in Ruhe ausbilden und mit den besten Schülern und Schülerinnen ein Team zusammenstellen, um im Falle eines Übergriffs von TEMP vorbereitet zu sein. Aber jetzt überrollen uns die Ereignisse … Komm! Wir müssen sehen, was inzwischen passiert ist.« Sie griff nach seinem Arm.

Severin ließ sich mitziehen. Sie traten an eine unverputzte Kellerwand. Auf den Mauersteinen waren einige verwischte Symbole zu sehen, die jemand vor vielen Jahren mit Ruß oder Kohle dorthin gekritzelt hatte. Valerie holte eine goldene Taschenuhr aus ihrem Rock und schwang sie an der Kette hin und her.

»Was tun Sie da?«, wollte Severin wissen.

»Schschsch«, machte Valerie nur.

Severin vernahm ein leises Ticken. Es schien von der Taschenuhr zu kommen. Das Geräusch würde immer lauter. Jetzt hörte es sich so an, als würde die Wand ticken. Oder eine riesige Uhr, die sich hinter der Wand befand.

»Bist du bereit?«, fragte Valerie.

Severin nickte.

Ungläubig sah er, wie die Wand durchsichtig wurde. Dahinter befand sich der *Raum der Ewigkeit*.

Valerie machte einen großen Schritt und zog Severin mit.

Begegnung im Dschungel

Laura und Olivia hatten große Mühe, Magister Horatius zum Weitergehen zu bewegen. Am liebsten wäre der Alte an seinem Platz sitzen geblieben.

»Ich werde noch verrückt!«, stöhnte Olivia, als Magister Horatius nach zwei Schritten wieder stehen blieb und grummelnd ein paar Blätter betrachtete.

Laura hob nur die Schultern. Schreien oder Schimpfen brachte jetzt gar nichts. Der Alte war müde und hatte kaum noch Kraft. Es war ein Wunder, dass er es überhaupt so weit in den Dschungel geschafft hatte. Die Haut war schlaff und voller Altersflecken. Nur die Augen leuchteten manchmal noch voller Energie.

»Seht mal, das *gemeine Fliederröschen!*« Er zupfte Laura am Arm und deutete auf einen Busch. »Es hat grüne Blätter mit violetten Streifen. Meine Erfindung!« Seine Miene wurde nachdenklich. »Aber warum hat der Strauch Dornen? Ich habe ihn ohne Dornen geschaffen.

Autsch!« Er hatte sich gestochen und steckte den blutigen Finger in den Mund.

Laura verzog das Gesicht. Sie musste ständig an Gift denken. Was, wenn Magister Horatius jetzt Fieber bekam? Hier im Dschungel konnten sie keinen Kranken versorgen! Und sie konnten ja auch nicht mit ihrem Smartphone einen Rettungswagen herbeirufen!

Wenn nur Merle hier wäre!, dachte Laura. Dann würde ich mich viel sicherer fühlen!

Immerhin hatte ihre eigene Gabe dazu geführt, dass sie Magister Horatius gefunden hatten. Ohne sie würde der Alte wahrscheinlich herumirren und schließlich verhungern oder verdursten – falls er nicht von einer Giftschlange gebissen wurde oder auf ein kleines Giftfröschlein trat. Laura hatte nämlich mit Entsetzen feststellen müssen, dass der Alte barfuß war. Entweder war er schon ohne Schuhe losgelaufen, oder er hatte sie unterwegs verloren! Wie sehr wünschte Laura jetzt ihre rosafarbenen Pantoffeln herbei, die ihr immer gezeigt hatten, wohin sie gehen musste. Sie seufzte tief. All das Wünschen hatte leider keinen Sinn! Es kam keine Fee, die ihnen aus dem Dschungel heraushalf!

»Kannst du eigentlich nur Gedanken lesen oder auch welche senden?«, fragte Olivia unvermittelt.

»Bisher konnte ich sie nur lesen«, sagte Laura. »Manchmal. Warum willst du das wissen?«

»Wenn du Gedanken senden könntest, dann könntest du eine Art Notruf loslassen«, meinte Olivia.

»Das wäre jetzt wirklich praktisch«, sagte Laura.

»Versuch's doch einfach«, schlug Olivia vor.

»Das klappt doch nie!«

»Woher weißt du das? Ist diese Welt nicht magisch? Wir haben doch nichts zu verlieren!«

Olivia hatte recht. Es konnte ja nichts passieren – außer, dass es nicht klappte. Laura konzentrierte sich und schloss die Augen.

Hilfe! Wir sind mitten im Dschungel und finden nicht mehr heraus! Wir haben Magister Horatius bei uns!

Sie schickte den Gedanken mit aller Kraft los und stellte sich dabei bildlich vor, wie ihre Nachricht sich nach allen Seiten ausbreitete.

Noch einmal.

Hilfe! Hört uns jemand? Wir brauchen Hilfe!

Laura öffnete die Augen und begegnete Olivias neugierigem Blick.

»Und?«

»Keine Ahnung. Nichts.« Laura schüttelte den Kopf. »Wahrscheinlich war es umsonst.«

»Na ja«, sagte Olivia, »Gedanken brauchen vielleicht auch einige Zeit, bis sie irgendwo ankommen. Wie schnell sind denn Gedanken durchschnittlich?«

»Das weiß ich wirklich nicht. Du stellst immer Fragen!«

»Ich hab mal gelesen, dass eine Mutter gespürt hat, als es ihrem Sohn schlecht ging«, erzählte Olivia. »Sie war in England und er in Neuseeland, also auf der anderen Seite der Erde. Sie ist in dem Moment aufgewacht, als er in Neuseeland einen Herzinfarkt bekommen hat.« Sie grinste. »Ich interessiere mich doch für solche Sachen.«

»Dann solltest du Ärztin werden.«

»Nein, ich meine das andere… dieses übersinnliche Zeugs…«

Laura verdrehte die Augen.

»Jedenfalls«, Olivia legte den Finger an die Nase, »müssen Gedanken wahnsinnig schnell sein. So schnell, wie du eine Nachricht auf dein Handy bekommst.«

Laura blickte zum Himmel empor. »Und wenn wir gerade kein Netz für Gedankenübertragung haben?«

»O Laura, du bist wirklich doof!« Olivia gab Laura scherzhaft einen Klaps auf den Arm.

Der Kalong erschrak und flatterte auf. Laura und Olivia sahen ihm nach, wie er zwischen den Bäumen verschwand.

»O shit«, sagte Olivia. »Das wollte ich nicht. Wirklich!«

Laura hoffte, dass der Kalong nur eine Runde drehen

und dann wiederkommen würde, aber leider irrte sie sich. Der Flughund blieb verschwunden. Wahrscheinlich hatte er die Nase voll von ihnen und sehnte sich längst nach Severin, der vermutlich besser wusste, wie man mit ihm umgehen musste.

»Okay, genug Pause, jetzt geht es weiter!«, sagte Laura. Das galt Magister Horatius, der immer noch an den Blättern seines Fliederröschens herumzupfte. Sie nahm ihn am Arm. »Kommen Sie bitte.«

Sie folgten der inzwischen fast unsichtbaren Spur, die der Alte im Dschungel hinterlassen hatte. Laura befürchtete, dass es nicht mehr allzu lange hell bleiben würde. Vermutlich würden sie die Nacht doch im Dschungel verbringen müssen. Davor grauste es ihr jetzt schon. Und sicher wäre am nächsten Morgen Magister Horatius' Spur nicht mehr zu sehen!

Plötzlich blitzte etwas Weißes zwischen den Bäumen auf. Olivia fuchtelte wie verrückt mit ihrem Arm.

»Da, da! Ein Alien!«, quietschte sie voller Panik.

Laura sah die Gestalt ebenfalls. Sie sah auf den ersten Blick aus wie ein Raumfahrer. Als Laura jedoch genauer hinblickte, erkannte sie, dass die Person einen Schutzanzug trug, wie ihn die Leute von der Spurensicherung im Fernsehen immer anhatten. Ein weißer Plastikoverall. Die Kapuze war nach hinten geschlagen. Es war ein junger Mann, den Laura nicht kannte.

»Vielleicht kann er uns helfen«, sagte sie und winkte. »Hallo! Hallo!«, schrie sie.

Der Mann wandte ruckartig den Kopf. »Wer sind Sie?«, rief er zurück.

»Wir haben hier einen Kranken«, brüllte Laura. »Sie müssen uns helfen!«

»Und wenn er ein Feind ist?«, zischte Olivia, während Horatius gleichzeitig brummte: »Ich bin nicht krank!«

Der Fremde brach durchs Gestrüpp und kam auf sie zu. Als er nur noch wenige Meter von ihnen entfernt war, konnte Laura das Label auf seinem Schutzanzug lesen: TEMP.

»O verdammt!«, entfuhr es ihr.

»Ich hab's dir ja gesagt«, flüsterte Olivia, die die Schrift ebenfalls gesehen hatte. »Was jetzt?«

Laura überlegte fieberhaft. Es musste Asshoffs Leuten gelungen sein, in die Welt des achten Tages einzudringen. Vielleicht waren sie aber auch versehentlich in dieser Welt gelandet, so wie sie und Olivia. Der Mann schien allein zu sein und wirkte nicht unbedingt feindlich. Möglicherweise irrte er ebenfalls im Dschungel umher. Trotzdem galt es, vorsichtig zu sein.

»Was ist denn mit dem Mann?«, fragte der Fremde.

»Er ist ein wenig verwirrt und hat sich verlaufen«, erwiderte Laura knapp.

»Ist er aus einem Krankenhaus entwischt?« Der Fremde streckte Laura die Hand entgegen. »Hallo, ich bin Max Schirmer. Bist du seine Enkelin?«

»Nein, nur eine … gute Bekannte«, antwortete Laura. »Ich heiße Laura.« Sie ließ ihren Nachnamen weg. Wenn Max bei TEMP arbeitete, dann konnte es gut sein, dass er Valerie Lilienstedt kannte.

»Und ich bin Olivia«, sagte Lauras Freundin und streckte Max ebenfalls die Hand entgegen. »Wir sind so froh, jemanden zu treffen. Allein schaffen wir es mit … Opa nicht.«

»Aha, dann ist er also dein Großvater?«, wollte Max wissen.

Olivia murmelte etwas, das ebenso gut »ja« oder »nein« heißen konnte.

Max wandte sich nun Horatius zu. Er befühlte seine Stirn, sah ihm in die Augen und forderte ihn auf, den Mund zu öffnen und »Aaaah!« zu sagen. Er ergriff seine Hände, tastete nach dem Puls und nickte dann.

»Er ist ziemlich dehydriert und braucht dringend Wasser«, sagte er.

Laura holte schweren Herzens ihre Wasserflasche aus dem Rucksack, in der sich noch ein Rest befand. »Sind Sie Arzt?«

»Nicht direkt, aber ich habe vor ein paar Jahren eine Ausbildung als Rettungssanitäter gemacht.« Er nahm die Flasche und hielt sie fest, während Horatius trank. »Habt ihr noch mehr Wasser?«

»Leider nein.« Laura sah zu, wie die letzten Tropfen in Horatius' Mund landeten. Schon jetzt hatte sie das Gefühl, zu verdursten. Sie musterte Max. Er schien keinen Trinkvorrat zu besitzen, vielleicht versteckte er aber auch eine Wasserflasche in seinem Overall.

»Ist es weit bis zur Klinik?«, erkundigte er sich.

»Hier gibt es keine Klinik«, antwortete Laura. »Jedenfalls weiß ich von keiner. Hier gibt es nur irgendwo ein Schloss, aber ich habe keine Ahnung, in welche Richtung wir gehen müssen.«

Max lachte. »Ein Schloss? Im Ernst? Gibt es da auch einen König und eine Königin?«

Laura runzelte die Stirn. Machte er sich etwa über sie lustig? Das vertrug sie ganz und gar nicht!

»Im Schloss ist eine Schule untergebracht«, sagte sie. »Dort bekommen wir sicher Hilfe.«

»Es gibt keine Königin, aber Feen«, ergänzte Olivia.

Laura warf ihr einen ärgerlichen Blick zu. Olivia wusste manchmal wirklich nicht, wann es besser war, die Klappe zu halten!

»Feen, aha!« Max lachte amüsiert. Natürlich glaubte er kein Wort. »Na, dann versuchen wir mal, dieses großartige Schloss zu finden.«

»Ich glaube, wir müssen nach Süden«, sagte Laura.

Max blickte auf seine Armbanduhr, ein Wunderwerk der Technik. »Dort entlang!« Er zeigte an Lauras Kopf vorbei.

»Hat die Uhr einen Kompass?«, fragte Olivia neugierig.

»Ja«, antwortete Max. »Und nicht nur das. Barometer, Thermometer, Höhenmesser und Schrittzähler. Sie hat auch eine Taschenlampenfunktion, sogar mit Schwarzlicht.«

»Wow!« Olivia war beeindruckt. »Wozu braucht man denn Schwarzlicht?«

Max lachte wieder. »Ich habe vielleicht einen Tick. Wenn ich im Hotel übernachte, leuchte ich damit, um zu sehen, ob wirklich gut geputzt wurde. Mit Schwarzlicht erkennt man nämlich ziemlich gut, wenn jemand neben das Klo gepinkelt hat.« Er wurde wieder ernst. »Kein geeignetes Thema für junge Mädchen.«

Sie beschlossen, dem Kompass zu folgen, und wollten sich weiter durch das Gebüsch schlagen, doch Horatius verschränkte plötzlich die Arme. Er weigerte sich, weiterzugehen, und wollte partout in eine andere Richtung.

Schließlich blieb Max nichts anderes übrig, als den alten Mann huckepack zu nehmen.

So kämpften sie sich mühsam durch den Dschungel.

Gefangen am schwarzen Fluss

Darius umschlang seine Knie und wimmerte.

Schon als Kind hatte er sich im Dunkeln gefürchtet. Es musste immer ein Nachtlicht leuchten, weil die Finsternis ihn sonst zu verschlingen drohte.

Es war kalt. Er fühlte, dass er auf einem Steinboden saß, aber er hatte keine Ahnung, wo er sich befand.

Sein schlechtes Gewissen drückte ihm die Luft ab. War das die Strafe für seinen Verrat? War er geradewegs in der Hölle gelandet?

So dunkel.

Alles konnte jetzt mit ihm passieren.

Er hatte doch nur ein normales Leben führen wollen. Ein Leben ohne Handicap. Er wollte wieder unterrichten, ohne dass ihn jede Frage in Panik versetzte. Er wollte den Wissensdurst in den Augen seiner Schüler sehen. Ach, er würde ihnen alles beibringen, was er wusste! Er würde sie zu den klügsten Menschen machen.

Stattdessen kauerte er hier, einsam und verlassen. Er fühlte sich wie ein Stück Elend.

War es so schlimm, dass er den Schlüssel gestohlen hatte? Was war Böses dabei, dass er das Notizbuch an Asshoff verkauft hatte?

Gut, das Notizbuch war nicht sein eigenes gewesen! Aber dieser Horatius wusste doch nichts mehr mit ihm anzufangen. Der tickte nicht mehr richtig im Oberstübchen! Sicher hatte er längst vergessen, was in dem Notizbuch stand. Wahrscheinlich konnte er sich auch nicht mehr daran erinnern, dass das Notizbuch ihm gehörte!

Warum sollte das Ding nutzlos verstauben! TEMP konnte etwas damit anfangen. Mit Horatius' Wissen würde die Firma die Welt besser machen. Asshoff hatte es ihm versprochen. Genügend Zeit für jeden. Niemand würde sich mehr kaputtarbeiten müssen. Alle Menschen würden frei und glücklich werden.

Asshoff hatte behauptet, dass Horatius Wesselhoff ein Egoist war.

»Er hat etwas Grandioses herausgefunden und behält sein Wissen für sich«, hatte Asshoff gesagt. »Baut sich seine eigene Spielzeugwelt, ohne zu begreifen, dass seine Kenntnisse ein riesiger Fortschritt für die Menschheit wären. Horatius ist ein Verbrecher, denn er stiehlt den Menschen eine bessere Zukunft.«

Das hatte sehr logisch und einleuchtend geklungen. Darius hatte Asshoffs Worten nur zustimmen können. Gut, die Welt des achten Tages war ja ganz nett. Was Horatius sich alles ausgedacht hatte! Das *Schloss der Ewigkeit* war allerdings eine Art Kopie des Castel del Monte. Das Bauwerk hatte Friedrich II. im dreizehnten Jahrhundert in Apulien errichten lassen. Ganz so genial war Horatius also doch nicht. Die fliegenden Küchenfeen – ein kindische Spielerei! Und die Schuhe mit dem eingebauten Navi, die die Schüler tragen mussten, waren geradezu lächerlich, vor allem die Pantöffelchen für die Mädchen. Das hätte man auch anders lösen können, beispielsweise durch ein ordentliches Beschriftungssystem im Schloss. Die Brücke, die sich nur ab und zu über den See spannte – unpraktisch! Überhaupt dieser See mit seinem dunklen, fast schwarzen Wasser! Der machte den Schülern nur Angst!

Je länger Darius darüber nachdachte, desto mehr hatte er an der Welt des achten Tages auszusetzen.

Es war wirklich maßlos egoistisch von Horatius, dass er seine Erfindung für solche Kinkerlitzchen verschwendete! Dschungel, Eiswelten – das gab es in der richtigen Welt doch auch! Warum musste Horatius davon eine schlechte Kopie anfertigen! Er lachte sich wahrscheinlich halb tot und klopfte sich selbst auf die Schulter, wenn ihm wieder eine neue Spielerei gelungen war. Vielleicht Rumpelstilzchen im Dschungel? Oder ein Monster im See wie das sagenhafte Ungeheuer von Loch Ness?

Darius lachte trocken auf. Nein, er hatte richtig gehandelt. Er brauchte sich keine Vorwürfe zu machen. Die Firma TEMP würde verantwortungsvoll mit dem Wissen umgehen, das hatte Asshoff ihm zugesichert. Jeder würde in den Genuss von mehr Zeit kommen. Das Leben würde länger und schöner werden.

Darius' Atem ging ruhiger. Die Panikattacke war verflogen. Er konnte sich wieder auf die Umgebung konzentrieren.

Schwärze. Aber vielleicht nicht mehr ganz so dicht wie zuvor. Von irgendwoher schien ein Lichtschimmer zu kommen. Darius stand mühsam auf und versuchte, sich zu orientieren.

Ein leises Plätschern drang an seine Ohren. Es roch modrig. Ein bisschen nach Brackwasser.

Darius begann zu ahnen, wo er sich befand. Im Gewölbe des *Schlosses der Ewigkeit*, dort, wo der unterirdische Fluss zwischen den Mauern hindurchströmte. Den Ort hatte er schon immer unheimlich gefunden, selbst wenn er eine Taschenlampe dabeigehabt hatte. Es lag an dem Wasser. Es war dunkel wie Tinte und schien alles Licht zu schlucken. Man konnte nicht sehen, ob und welche Wesen unter Wasser lebten. Darius hatte schon oft Albträume deswegen gehabt und war danach schweißgebadet erwacht.

Wenn er sich richtig erinnerte, dann musste sich irgendwo die Treppe befinden, die hinauf ins Schloss führte. Vorsichtig setzte Darius einen Fuß vor den anderen. Er tastete immer zuerst mit dem Schuh den Boden ab, bevor er ihn ganz aufsetzte. Wenn er versehentlich ins Wasser laufen würde – wie schrecklich!

Gab es am Ufer nicht ein niedriges Mäuerchen? Er versuchte, sich zu erinnern, war sich aber nicht ganz sicher.

Da! Sein Schuh stieß gegen einen Widerstand.

»Au!« Es hatte wehgetan. Darius hatte sich die Zehen geprellt. Das Leder seines Schuhs war viel zu dünn. Aber die Schuhe hatten im Laden so elegant ausgesehen, obwohl sie eigentlich viel zu teuer waren. Er hätte sich lieber Schuhe mit Schutzkappen kaufen sollen, die wären jetzt praktischer gewesen.

Noch vorsichtiger als zuvor tastete er mit dem Fuß herum. Es schien sich tatsächlich um eine niedrige Mauer zu handeln. Darius bückte sich und befühlte die Oberkante. Sie war gut dreißig Zentimeter breit. Er atmete tief durch. Gut, dann gab es wenigstens ein bisschen Schutz, und er würde nicht versehentlich im Wasser landen!

Plötzlich plätscherte es direkt vor ihm. Er bekam einige Wasserspritzer ab und wich automatisch zurück.

Mit einem heftigen Klatschen landete etwas auf der Mauer und gab dabei ein grässliches Quaken von sich. Im nächsten Moment wurde Darius von einem Schwall schleimiger Spucke mitten ins Gesicht getroffen.

Er schrie auf und hielt schützend den Arm vor seinen Kopf. Die ätzende Spucke brannte wie Feuer. Er taumelte, stolperte und schlug der Länge nach hin. Reglos blieb er auf dem Boden liegen und wartete bang, was als Nächstes passieren würde.

Etwas Glitschiges hüpfte auf seinen Rücken, und dann drang widerliche Nässe durch sein Hemd.

Darius stöhnte laut.

Die Welt des achten Tages rächte sich an ihm!

Er hatte sie verraten!

Nach wie vor war Severin fasziniert vom *Raum der Ewigkeit*, obwohl hier der Ort war, an dem Magister Darius ihn so schrecklich reingelegt und in der Zeitlosigkeit eingesperrt hatte. Das Gebilde aus Planeten und Zahnrädern war das reinste Wunderwerk. Severin schien die Kraft, die es ausstrahlte, beinahe körperlich zu spüren.

»Das ist der reine Wahnsinn«, murmelte er.

»Ja«, bestätigte Valerie. »Magister Horatius ist ein Genie. Es ist so schade, dass sein Verstand ihn allmählich im Stich lässt. Wir könnten so viel von ihm lernen.

Und die Welt des achten Tages ist noch längst nicht fertig. Magister Horatius hatte so viele Pläne. Aber die werden jetzt wahrscheinlich nie mehr realisiert werden können …«

Severin spürte ein tiefes Bedauern und hatte großes Mitleid mit dem alten Mann. Was nützte ein so grandioses Lebenswerk, wenn man sich im hohen Alter nicht mehr daran erinnern konnte?

»Vielleicht kann Merle etwas erreichen und verhindern, dass er weiter abbaut«, meinte Valerie. »Ich setze große Hoffnungen in sie. Aber zunächst müssen wir ein anderes Problem lösen.«

»TEMP«, sagte Severin knapp.

»Genau. Die Auseinandersetzung hat begonnen.« Valerie sah Severin besorgt an. »Es geht um alles, Severin. Wenn die Firma TEMP ihr neues Wissen anwendet, dann ist die Katastrophe für die Menschheit perfekt!«

Severin nickte. Er hätte gern gefragt, wie sie es innerlich fertiggebracht hatte, mit ihrem ärgsten Feind zusammen zu sein. Aber das war eine viel zu persönliche Frage, und so genau wollte er es ja auch gar nicht wissen. Er konnte sich nicht vorstellen, dass er sich selbst jemals so verbiegen würde – ganz egal, ob es letztlich einem guten Zweck diente.

»Wer von deinen Freunden hat die stärkste Gabe?«,

fragte Valerie, während sie den Raum der Ewigkeit verließen. »Eigentlich wollten wir ja die Jugendlichen in einem Wettbewerb antreten lassen, um die acht Begabtesten herauszufinden, aber leider bleibt uns dafür keine Zeit mehr. Alles läuft anders als geplant.«

Severin dachte nach. Wer von seinen Mitschülern hatte sich durch besonders gute Leistungen hervorgetan? Zuerst fiel ihm Rufus ein, der mit ihm das Zimmer teilte. Rufus war manchmal ein bisschen grob und vielleicht nicht gerade eine Intelligenzbestie, aber er war unglaublich schnell. Beim Laufen hängte er jeden ab, und seine Ausdauer war beinahe unwirklich. Niemand, der zu Fuß floh, hatte gegen ihn eine Chance, egal wie trainiert er war. Rufus würde jeden Marathon gewinnen, und zwar in neuer Weltrekordzeit.

Dann gab es noch Alexander, mit dem Severin befreundet war. Der Junge war nicht nur extrem furchtlos, sondern auch ein hervorragender Schwimmer. Er konnte sogar unter Wasser atmen. Einmal hatte er sich in den schwarzen See getraut und war dort untergetaucht. Erst nach einer halben Stunde war er wieder an die Oberfläche gekommen. Als Severin ihn gefragt hatte, was er gesehen hatte, hatte Alexander nur den Kopf geschüttelt.

»Frag lieber nicht. Ich will schließlich nicht, dass du Albträume bekommst.«

Severin dachte auch an Liam. Der konnte im Dunkeln sehen, selbst wenn es stockfinster war. Tagsüber trug er meistens eine Sonnenbrille, weil das Tageslicht zu grell für ihn war.

»Rufus ist gut«, sagte Severin zu Valerie. »Außerdem kann ich mir Alexander und Liam vorstellen.«

Valerie überlegte einen Moment, dann nickte sie. »Eine gute Wahl. An diese Jungs habe ich auch schon gedacht. Und an dich natürlich. Vor dir ist kein Schloss sicher, und das kann uns sehr nützlich sein.«

In diesem Moment flatterte etwas Dunkles durch die Luft. Sein Schatten wirkte in dem bläulichen Licht gespenstisch. Valerie wich unwillkürlich zur Seite, aber Severin streckte seinen Arm aus.

»Jonathan!«

Der Kalong landete mit so heftigem Schwung, dass Severin fast aus dem Gleichgewicht geriet.

»Na, na, nicht so stürmisch, mein Lieber.«

Jonathan fiepte aufgeregt, so als hätte er etwas zu erzählen.

»Er ist ganz außer sich«, sagte Severin zu Valerie. Er war besorgt. »Hoffentlich ist den Mädchen nichts passiert! Ach, wenn er nur reden könnte!«

»Du kennst nicht zufällig einen Tierkommunikator unter den Schülern?«, fragte Valerie.

»Leider nein.« Severin schüttelte den Kopf. Er streichelte den Flughund. Jonathan gab zärtliche Laute von sich, und Severin seufzte tief.

»Ich bin wirklich beunruhigt«, sagte er. »Vielleicht kann Jonathan mir zeigen, wo er die Mädchen zurückgelassen hat.«

»Keine Alleingänge«, meinte Valerie sofort. »Wir müssen auf der Hut sein. Möglicherweise ist TEMP schon in diese Welt eingedrungen. Sie werden alles tun, um die Macht an sich zu reißen.«

»Das habe ich befürchtet«, sagte Severin und kämpfte gegen das mulmige Gefühl an, das sich immer mehr in ihm ausbreitete. Er konnte Jonathans Unruhe spüren. Die dunklen Augen des Kalongs glänzten, als wollten sie ihm eine Botschaft mitteilen.

»Wir müssen zuerst nachsehen, ob Laura nicht doch in ihrem Zimmer ist«, sagte Valerie. »Ich bin vorhin schon Anouk und Merle begegnet. Sie sind ebenfalls von dem Sog erfasst und zurückgebracht worden.«

Wenn diese Mädchen in der Schule gelandet waren, war es nicht möglich, dass Laura und Olivia sich ebenfalls hier befanden? Doch Severins Nervosität blieb. Am liebsten wäre er sofort losgezogen, um die beiden zu suchen. Aber Valerie hatte vorher noch etwas zu erledigen. Severin hatte ihr erzählt, dass Darius die Seiten aus dem gestohlenen Notizbuch kopiert hatte. Valerie hatte es gut gefunden, dass Severin die Kopien mitgenommen hatte.

»Dann ist vielleicht noch etwas zu retten«, hatte sie gesagt. »Wir werden die Seiten Magister Korbinian übergeben. Er kennt sich mit Magister Horatius' Aufzeichnungen aus.«

Während sie noch den Gang entlangeilten, kam ihnen Magister Korbinian entgegen, begleitet von Rufus. Dieser hatte zerrissene Kleidung und ein paar Schrammen, schien aber sonst in Ordnung zu sein.

»Mein Güte, Rufus, was ist passiert?«, fragte Valerie bestürzt.

»Bin aus dem Fenster gefallen«, antwortete Rufus knapp. »Konnte mich zum Glück an einem Vorsprung festhalten und bin dann gesprungen. Nichts Schlimmes passiert.«

»Es waren sechs Meter«, berichtete Magister Korbinian. »Ein Wunder, dass er sich nichts gebrochen hat.«

Rufus grinste schief. »Hab halt nicht damit gerechnet, dass es mich so plötzlich hierherfetzt. War grad am Rennen und bin schnurstracks durch die Scheibe. Die Feen haben gleich einen Riesenstress gemacht. Dabei hat mein Vater eine Haftpflichtversicherung … Ach so, die gilt hier gar nicht!«

»Mach dir deswegen keine Sorgen«, sagte Valerie. Sie wandte sich an Magister Korbinian. »Severin hat Kopien des gestohlenen Notizbuchs.«

Das Gesicht des Angesprochenen erhellte sich. »Sehr

gut. Vielleicht kann ich aus den Unterlagen sehen, wie ich diese Welt wieder stabilisieren kann.«

Severin holte die Blätter aus seinem Rucksack. Der Kalong kletterte unruhig in seinem Nacken hin und her, als wollte er zum Aufbruch mahnen. Valerie begleitete jedoch zunächst Magister Korbinian in einen Raum, in dem sich etliche Computer unterschiedlichen Alters befanden. Einige Monitore waren eingeschaltet und zeigten Aufnahmen von Webcams, andere Bildschirme waren schwarz.

»Wow, hast du das gesehen, ein Commodore 64!«, rief Rufus begeistert. »So ein Teil hat mein Vater gehabt. Echt krass, voll retro!«

Severin stand wie auf Kohlen. »Wenn Jonathan sich so verhält, ist sicher etwas passiert. Ich muss die Mädchen suchen. Rufus könnte doch mitgehen!«, rief er Valerie zu, die mit Magister Korbinian den Raum betreten hatte. »Wir sind auch vor Einbruch der Dunkelheit zurück.«

»Meinetwegen«, sagte Valerie. »Aber seid vorsichtig. Halt! Nehmt Merle mit. Du weißt, wo ihr Zimmer ist.«

Severin nickte. »Komm, Rufus!«

Darius lag auf dem Boden und grübelte, ob er vielleicht schon tot war. Seit einer gefühlten Ewigkeit wagte er nicht mehr, sich zu bewegen, während das *Ding* noch immer auf seinem Rücken hockte. Warum bohrte es nicht die Zähne in seinen Nacken? Wollte es Darius' Qualen vielleicht erst genüsslich auskosten?

Ich bereue alles, was ich getan habe!, dachte Darius zerknirscht. Dieses Monster soll verschwinden! Ich stelle mich freiwillig! Magistra Elisa soll mich meinetwegen rauswerfen. Alles – aber bitte nicht gefressen werden!

Das *Ding* auf seinem Rücken schmatzte.

Das Herz schlug Darius bis zum Hals. Er bekam fast keine Luft mehr. Als er sich ein paar Zentimeter zur Seite drehte, machte auch das Monster einen Schritt. Es saß jetzt mit seinen nassen Plattfüßen zwischen Darius' Schulterblättern. Er konnte den kalten Atem an seinem Ohr spüren. Giftiger Geifer tropfte auf seinen Hals.

Ob er das Ungeheuer abschütteln konnte, wenn er ganz schnell aufsprang? Aber seine Glieder waren schwer wie Blei. Wahrscheinlich würden ihm seine Beine gar nicht gehorchen. Und vielleicht reizte die Bewegung das Untier, und es würde zubeißen!

Ich bleibe hier liegen, entschied Darius. Notfalls bis an mein Lebensende. Das bestimmt nicht mehr weit entfernt ist.

Plötzlich vernahm er Stimmen. Sein Herz machte einen freudigen Hüpfer. Vielleicht war doch noch nicht alles verloren! Ob man ihn retten würde?

Der Strahl einer Taschenlampe richtete sich auf ihn. Darius wurde geblendet von dem weißen Licht.

»Da liegt einer«, sagte jemand.

Gleichzeitig rührte sich das *Ding* und sprang. Es landete mit einem lauten Platschen im Wasser.

»Boah, hast du das eben gesehen?«, rief eine andere Stimme. »Wie ein Kartoffelsack mit Schwimmhäuten! Aber was für Zähne!«

»Ein junger Albfrosch«, sagte die erste Stimme. »Magistra Elisa hat uns erst neulich davon erzählt. Der Frosch hat wohl versucht, seine erste Beute zu machen. Der Kerl, der da liegt, hat Glück gehabt, dass die Froschmama nicht mitgekommen ist.«

Darius stöhnte. Er mochte sich gar nicht vorstellen, was passiert wäre, wenn ein noch größerer Albfrosch auf seinem Rücken gehockt hätte. Mühsam versuchte er, hochzukommen. Seine Glieder waren so steif, als hätte er hundert Jahre auf dem Boden gelegen. Schließlich stand er zitternd auf den Beinen und beschirmte seine Augen, weil die Taschenlampe ihn noch immer blendete.

»Sieh mal einer an«, sagte eine Stimme, die ihm vage bekannt vorkam. »Magister Darius! Oder besser gesagt Darius Vollenweider.«

Darius erkannte zwei Schüler der Schule. Der eine war Severin Süßkind, der ihm schon einmal Ärger bereitet hatte. Der andere war groß und kräftig mit schwarzem, strähnigem Haar. Er hatte Hände wie Schaufeln, aber Darius konnte sich beim besten Willen nicht mehr an seinen Namen erinnern. Rupert? Ruben?

»Danke«, sagte Darius heiser. Seine Stimme gehorchte ihm kaum. »Ihr habt mir das Leben gerettet.«

»Ja, leider«, sagte Severin. »Eigentlich hätten wir Sie Ihrem Schicksal überlassen sollen, nach allem, was Sie getan haben.«

»Es tut mir wirklich leid«, sagte Darius.

»Ich glaube Ihnen kein Wort mehr«, schnaubte Severin. »Noch einmal falle ich nicht auf Ihre Masche rein! Komm, Rufus, hilf mir. Er darf uns nicht entwischen.«

Die beiden Jungen packten Darius links und rechts am Arm. Rufus' Griff zerquetschte ihm fast den Knochen.

»Nicht so fest«, wimmerte er.

»Hab bloß kein Mitleid, Rufus«, sagte Severin. »Ich erzähle dir nachher, was unser feiner Darius angestellt hat.« Er stieß ihn vorwärts. »Los, setzen Sie sich in Bewegung!«

Die Jungen führten ihn zu einer schmalen Treppe. Jetzt wusste Darius wieder genau, wo er sich befand. Er war schon oft hier unten gewesen, nachdem er Magister Horatius auf die Schliche gekommen war. Viele Stunden hatte er damit verbracht, dessen Gewohnheiten auszuspähen. Er hatte herausgefunden, welche Bedeutung der große Schlüssel für die magische Welt hatte. Magister Horatius musste das Uhrwerk im Raum der Ewigkeit regelmäßig aufziehen, damit die Welt stabil blieb. Manche Dinge waren geradezu lächerlich einfach …

»Die Treppe rauf«, ertönte Severins barsche Stimme.

»Dazu müsst ihr mich aber loslassen«, sagte Darius. »Die Treppe ist nicht breit genug für drei.«

»Aber keine Tricks«, warnte Severin ihn. »Fliehen ist zwecklos. Rufus holt Sie jederzeit ein.«

Darius gehorchte. Seine Beine waren so schwer, als würde an jedem ein großes Gewicht hängen. Jetzt erinnerte er sich an Rufus. Ein ungelenker Junge, der immer etwas abseits gestanden hatte. Der eher durch Körperkraft aufgefallen war und zum Glück auch nie eine Frage gestellt hatte. Darius hatte ihm keine große Beachtung geschenkt. Vielleicht war das ein Fehler gewesen. Fieberhaft überlegte er, wie er Rufus um den Finger wickeln und auf seine Seite ziehen konnte. Bei Severin hatte er ziemlich sicher verspielt. Es war eine blöde Idee gewesen, ihn in der Zeitlosigkeit einzusperren.

»Deine Leistungen waren in der letzten Zeit sehr gut, Rufus«, log er. »Ich habe kürzlich mit Magistra Elisa über dich gesprochen. Sie meinte auch, dass du ein Aushängeschild für unsere Schule bist.«

Rufus hinter ihm brummte nur, während Severin schallend lachte.

»Bemühen Sie sich nicht, Herr Vollenweider. Rufus ist nicht dumm, er fällt auf Ihre Schmeicheleien nicht rein.«

Darius presste die Lippen zusammen. Was würden die Jungen mit ihm tun? Diesem Severin war alles zuzutrauen. Schließlich hatte er jeden Grund, auf Darius sauer zu sein.

Abwarten und Tee trinken, sagte er sich. Vermutlich schleppen die Jungs mich zu Magistra Elisa. Ich werde ihr erzählen, dass alles ein Versehen war. Ein Unfall. Severin ist zufällig zwischen die Zahnräder geraten, und dort gab es dann diesen Zeitstillstand …

Ob Magistra Elisa ihm glauben würde? Normalerweise verstanden Frauen ja nicht viel von Technik. Magistra Elisa mochte zwar eine gute Schulleiterin sein, aber ob sie begriffen hatte, auf welchen Pfeilern die magische Welt ruhte, war eine andere Frage. Die meisten Menschen blickten nicht mehr durch, sobald es um Quantenphysik ging. Magistra Elisa war da sicher keine Ausnahme …

Sie hatten inzwischen das Erdgeschoss erreicht. Die beiden Jungen fassten ihn wieder links und rechts fest an den Armen. Der lästige Kalong, den Severin auf dem Rücken trug, starrte ihn feindselig an.

Er hatte genug von solchen Geschöpfen! Er hasste Tiere! Sie besaßen Klauen und Zähne und keinen Verstand. Das Einzige, worum es ihnen ging, war Fressen. Er begriff nicht, wie die Menschen zum reinen Vergnügen Haustiere halten konnten. Tiere waren nur dazu da, um auf dem Teller zu landen.

Darius spürte, wie sein Magen knurrte. Seine letzte Mahlzeit lag schon eine Weile zurück. Wäre es nach seinen Plänen gegangen, säße er jetzt in einem Flieger nach Los Angeles oder wäre vielleicht sogar schon gelandet!

»So, da sind wir.« Severin öffnete eine Tür. Der Raum dahinter war voller Gerümpel. Er diente den Feen-Männern dazu, ihre Gartengeräte aufzubewahren. Ein wildes Durcheinander von Harken, Schaufeln, Rechen. Sogar eine Schubkarre lag schlampig hingeworfen auf dem Boden.

»Ich denke, in dem Chaos werden Sie sich wohlfühlen, Magister Darius!«, sagte Severin spöttisch. Er und Rufus schoben ihn in den Geräteraum und schlossen rasch die Tür.

Darius wollte sie wieder aufstemmen, doch die Jungen hielten von außen dagegen. Kurz darauf hörte er, wie am Schloss hantiert wurde. Sie schlossen ihn ein!

»Aufmachen!«, brüllte er und trommelte gegen die Tür. »Das ist Freiheitsberaubung!«

Doch die Jungs lachten nur und entfernten sich.

Aufbruch

Auf dem Rückweg zu seiner Firma geriet Asshoff in einen Stau. Das selbstfahrende Auto blieb stehen und schaltete sich ab, um die Batterie zu schonen. Leider gingen auch die Türen nicht auf. Asshoff rastete fast aus.

Was war nur los? Warum funktionierte die Elektronik nicht? Eigentlich hätte er in so einer Situation aussteigen und zu Fuß weitergehen können. Normalerweise. Doch an diesem Tag schien alles durcheinanderzugeraten. Ob das mit dem Zwischenfall zusammenhing, der bei TEMP geschehen war?

Asshoff konnte sich kaum vorstellen, dass der Vorfall so weitreichende Folgen hatte. Viel wahrscheinlicher war es, dass der Wagen eine Macke hatte. Eine Fernbedienung, die die elektronische Türsperre aufhob, gab es bei diesem Modell nicht. Wahrscheinlich würde der Hersteller sich damit herausreden, dass es bei einem

Stau gleich weitergehen konnte und die Fahrgäste deshalb im Wagen bleiben sollten.

Asshoff knirschte mit den Zähnen. Er hasste es, Zeit nutzlos zu verplempern. Er holte sein Smartphone hervor und sah, dass ein rotes Warnlicht blinkte. Der Akku hatte nur noch zwei Prozent Leistung. Mist!

Er lehnte sich ins Polster und versuchte, eine möglichst bequeme Lage einzunehmen, wenn er schon warten musste. Seine Gedanken schweiften zurück zu Rebekka. Sie tat ihm so leid! Hoffentlich wurde sie wieder gesund! Er ärgerte sich, dass Alice ihm die Schuld für Rebekkas Krankheit gegeben hatte. Diese Frau brauchte immer für alles und jeden einen Sündenbock.

Er versuchte, sich auf die Zukunft zu konzentrieren. Wenn seine Pläne aufgingen, dann würde Rebekka wieder gehen können. Er würde sie ermutigen, das Eislaufen wieder aufzunehmen. Sie war so gut darin gewesen! Wie ihre Augen dabei gestrahlt hatten! Natürlich würde Rebekka zukünftig ganz bei ihm leben. Sie würden eine glückliche Familie sein – zusammen mit Valerie, die eine wirklich tolle Frau war. Ungemein attraktiv. Und dazu so clever. Er seufzte.

Aber was wäre dann mit Laura und Elias? Diese Kinder passten nicht in seine Vorstellung von einer perfekten Familie. Elias war unerträglich. Ein Monster von einem Kind. Ungeduldig und jähzornig. Unberechenbar.

Der Junge flippte bei jeder Gelegenheit aus und beanspruchte unendlich viel Zeit und Aufmerksamkeit. Die wenigen Male, in denen Asshoff ihn getroffen hatte, reichten völlig. Ein unmögliches Kind, dessen größtes Talent darin bestand, einem die Freizeit zu verderben. Asshoffs Entschluss stand fest: Wenn er mit Valerie zusammenzog, dann nur ohne Elias. Sollte sich doch der Vater um das Balg kümmern! Oder, noch besser, man würde Elias in ein Heim stecken. Das wäre die einfachste Lösung!

Und Laura? Würden sie und Rebekka sich vertragen? Vielleicht beste Freundinnen werden, sodass Rebekka keine Einzelgängerin mehr sein musste?

Er wusste nicht, was er von Laura halten sollte. Sie war clever, insofern kam sie nach Valerie. Allerdings war sie auch frech, unerträglich neugierig und aufmüpfig. Aber waren das nicht alle Teenager in ihrem Alter?

Laura wusste etwas über diese andere Welt, da war er sich sicher. Das hatte er mittels des Spionagetools erfahren, das als Moskito-Spiel getarnt war. Ein paar von Lauras Andeutungen hatten Asshoff hellhörig gemacht. Ihr Vater, Peter Lilienstedt, lebte immer noch in der alten Villa, die einst Horatius Wesselhoff gehört hatte. Dort hatte das Geheimnis seinen Ausgangspunkt. Wie viel wusste der Vater? Vielleicht war er gar kein so großer Spinner und Träumer, wie Valerie immer behauptet hatte! Allerdings – würde er dann nicht mehr mit seinem Wissen anfangen, als weiterhin an alten Möbeln herumzubasteln? Er könnte der reichste Mann der Welt werden, wenn er es geschickt anstellte. Ein Leben in Luxus führen. Unendlich viel Freizeit. Alles besitzen, was das Herz begehrte – schnelle Autos, einen Swimmingpool, eine große Jacht. Sich von Personal bedienen lassen.

Aber dieser Dussel atmete wohl lieber Holzstaub ein. Asshoff grinste. Es gab eben Menschen, die er nicht verstand. Gut, nicht alle konnten zu den Gewinnern gehören. Es musste auch Loser geben – wie Peter Lilienstedt. Das war wohl ein Naturgesetz.

»Das ist ein alter Apothekenschrank«, erklärte Peter Lilienstedt seinem Sohn. »Darin haben die Apotheker früher die Arzneimittel aufbewahrt.«

Elias war fasziniert von den unzähligen Schubladen. Er hatte inzwischen jede einzelne davon aufgezogen und hineingesehen. Leider waren alle leer.

»Wann spielst du mit mir?«, fragte er.

»Gleich«, antwortete sein Vater. »Ich will nur noch schnell diesen Griff anbringen.« Er steckte einen dünnen Holzspan in ein zu großes Bohrloch, legte den Messsinggriff darüber und führte die Schraube ein.

Jetzt ließ sie sich festdrehen. Zuvor war sie immer wieder herausgerutscht.

Elias langweilte sich. Er wandte sich ab und blickte sich in der Werkstatt um. Vielleicht hatte sein Vater wieder eine große Standuhr, die er reparieren sollte! Vielleicht hinter diesen Hölzern, die an der Wand lehnten? Elias wollte sie beiseiteschieben, doch sie rutschten ihm aus der Hand und kippten um. Polternd fielen sie auf den Boden. Elias konnte gerade noch rechtzeitig zurückspringen.

»Muss das sein, Elias?«, fragte Peter etwas genervt.

»Ich kann nichts dafür, Papa«, rief Elias. »Die Latten sind einfach vor mir ausgerissen!« Er starrte auf den Boden, wo die Hölzer jetzt lagen und so taten, als seien sie unschuldig. Grinste da nicht frech ein Astloch? Elias streckte ihm die Zunge heraus.

Hilfe! Wir sind mitten im Dschungel und finden nicht mehr heraus!

Elias zuckte zusammen. Das war doch Lauras Stimme!

»Ist Laura oben?«, fragte er.

»Nein leider nicht«, antwortete sein Vater. »Sie … sie ist mit ihrer Freundin Olivia unterwegs.«

»Aber ich habe doch gerade ihre Stimme gehört!«, betonte Elias. »Laut und deutlich.« Wurde sein Vater vielleicht langsam taub?

»Ich habe nichts gehört«, sagte Peter und legte den Schraubenzieher zur Seite, um den Messinggriff mit einem Lappen zu polieren.

Wir haben Magister Horatius bei uns!

Wieder hatte Laura etwas gerufen. Elias blinzelte.

»Wer ist Magister Horatius, Papa?«, wollte er wissen.

Peter fiel der Lappen aus der Hand. »Wie kommst du auf einmal auf diesen Namen, Elias?«

»Laura hat ihn eben gerufen.« Elias trat auf seinen Vater zu und rüttelte an seinem Arm. »Du musst sie doch gehört haben!«

Hilfe! Hört uns jemand? Wir brauchen Hilfe!

»Jetzt wieder!«, kreischte Elias. »Sie schreit um Hilfe! Wir müssen zu ihr, Papa!«

»Gut, dass wir dich treffen«, sagte Severin zu Merle, die neben ihrer Zimmertür lehnte und mit ihrer Ratte Brutus spielte. »Genau zu dir wollten wir nämlich!«

»Zu viel der Ehre«, erwiderte Merle spöttisch und sah Severin und Rufus schräg an. Ihre dunkelblonden, asymmetrisch geschnittenen Haare fielen ihr ins Gesicht. »Was ist los?«

»Ich glaube, dass Laura etwas zugestoßen ist«, sagte Severin. »Mein Flughund war zuletzt bei ihr, und jetzt benimmt er sich ganz merkwürdig.«

»Vielleicht hat Laura ihn mit Schokoküssen gefüttert.« Merle grinste. »Hat er denn Schluckauf?«

Severin schüttelte leicht verärgert den Kopf. Er kannte Merle nur flüchtig, wusste aber, dass sie eine etwas schwierige Person war.

»Es ist sehr ernst, Merle«, teilte er ihr mit. »Die Welt des achten Tages ist nämlich in großer Gefahr.«

»Geht's noch ein bisschen dramatischer?«, fragte Merle ironisch und steckte Brutus in ihre Hemdtasche. »Ich weiß, dass der Boden hier ständig rumpelt und bebt. Aber das geschieht schon seit einer ganzen Weile. Warum ist es jetzt akut?«

»Weil Darius ein Verräter ist«, stieß Severin zornig aus. »Er hat Magister Horatius' Notizbuch an TEMP verkauft, und jetzt wissen die Leute dort alles über unsere Welt. Oder jedenfalls zu viel. Sie werden alles tun, um die Macht an sich zu reißen!«

»Oh. Klingt übel. Und was hat Laura damit zu tun?«, hakte Merle nach.

»Sie ist vor meinen Augen verschwunden. Sie und ihre Freundin Olivia, die noch nie in der magischen Welt war«, berichtete Severin.

»Mich hat es ja vorhin auch hierhergefetzt«, sagte Merle. »Dabei habe ich gerade so schön am See gechillt. War eine Menge los am Ufer, alle Leute sind spazieren gegangen, und das an einem ganz normalen Montag.

Das Wetter war eben auch echt super. Aber dann kam das Beben, und schwupp! war ich hier im *Schloss der Ewigkeit*. Bin sogar mit einer Küchenfee zusammengerempelt.« Sie rieb sich den Kopf. »Ich wusste gar nicht, dass die Biester so harte Köpfe haben.«

»Was gibt's?«, fragte Anouk, die in diesem Moment aus dem Zimmer kam und Severin und Rufus erblickte.

»Severin macht sich Sorgen um Laura«, sagte Merle. »Sie ist auch von diesem Sog weggerissen worden, zusammen mit ihrer Freundin. Hast du sie hier irgendwo gesehen?«

Anouk verneinte. »Ich bin vorhin direkt in unser Zimmer geschleudert worden. Genau wie ein paar andere Mädchen in jeweils ihrem Raum gelandet sind. Wo soll Laura denn sein?«

»Das weiß ich nicht«, sagte Severin. Er spürte, wie seine Nervosität wuchs. »Ich will sie suchen. Mein Kalong wird mich hoffentlich zu ihr führen. Es wäre gut, wenn Merle mitkäme – falls Laura oder Olivia verletzt sind.«

»Kein Problem«, sagte Merle. »Heute ist sowieso kein Unterricht, wie es scheint.« Sie warf Anouk einen Seitenblick zu. »Nicht, dass es nachher wieder heißt, ich würde schwänzen.«

»Heute findet garantiert kein Unterricht statt«, bestätigte Severin, der an Valerie und Magister Korbinian dachte, die im Untergeschoss zu retten versuchten, was zu retten war. »Magistra Elisa hat andere Dinge zu tun.«

»Ich komme ebenfalls mit«, entschied Anouk. »Laura ist schließlich auch meine Freundin!«

»Gut.« Severin freute sich. Anouk konnte immerhin fliegen. Vielleicht würde sie Laura und Olivia aus der Luft entdecken.

Zu viert stürmten sie die Treppe hinunter.

»Halt«, sagte Anouk plötzlich. »Sollten wir nicht vorsichtshalber ein paar Vorräte mitnehmen? Wer weiß, wie lange wir unterwegs sind!«

Severin dachte daran, dass er Valerie versprochen hatte, vor Einbruch der Dunkelheit zurück zu sein. Doch er würde nicht ohne Laura zurückkehren!

»Okay«, sagte er. »Gute Idee.«

Anouk und Merle liefen noch einmal in ihr Zimmer, um ihre Rücksäcke zu holen. Als die Mädchen wiederkamen, saß das Seidenäffchen Mäxchen auf Anouks Schulter.

»Ich kann Mäxchen nicht allein lassen«, sagte sie. »Der stellt sonst alles Mögliche an. Merle hat ja auch ihre Ratte dabei und Severin seinen Kalong!«

»Alles gut«, meinte Severin und grinste.

Am Trinkbrunnen füllten sie ihre Wasserflaschen.

»Wer geht in die Küche und nimmt den Kampf mit den Feen auf?«, fragte Merle.

Die Feen waren zwar enorm fleißig und konnten tolle Mahlzeiten zubereiten, aber sie waren auch ausgesprochen launisch. Sie waren so groß wie Babypuppen und konnten sehr schnell fliegen. Aber meistens hatten sie so grimmige Mienen aufgesetzt, als wäre ihnen jede Tätigkeit zuwider. Mit ihnen zu verhandeln, kostete Nerven.

»Ich mach's«, erklärte Rufus gutmütig.

»Danke«, sagte Severin erleichtert.

Rufus trabte in die Küche, während die anderen in dem großen, achteckigen Hof warteten. Heute waren weder Tische noch Stühle zu sehen und auch keine der wunderbaren Pilze, die sowohl als Sonnenschutz als auch als Getränkespender dienten. Eine Gruppe von Schülern und Schülerinnen stand vor dem Eingang eines Turms und unterhielt sich.

Eine Viertelstunde verging. Rufus war noch nicht zurück. Severin und die Mädchen wurden allmählich unruhig.

»Vielleicht wollen die Feen nichts rausrücken«, vermutete Anouk.

»Oder sie lassen Rufus erst einmal für sich arbeiten«, sagte Merle und lachte. »Sauerkraut stampfen oder so.«

Doch da erschien Rufus, begleitet von vier schwer beladenen Service-Feen. Jede von ihnen trug ein Netz mit einem großen Lunchpaket. Rufus hatte mehrere längliche Weißbrote im Arm, dazu einen Bund Bananen und ein Netz mit Äpfeln.

Die Feen schwirrten zu Severin und den Mädchen und übergaben mit finsteren Mienen ihr Gepäck. Dann flogen sie blitzschnell und ohne ein freundliches Wort in die Küche zurück.

»Hoffentlich haben sie die Lebensmittel nicht vergiftet«, scherzte Merle.

»Eigentlich sollte ich mich längst an ihre unfreundlichen Gesichter gewöhnt haben, aber ich bin immer wieder davon überrascht«, sagte Anouk. Sie lächelte Rufus an. »Hast du ihnen gesagt, dass wir eine Woche unterwegs sind?«

»Sie haben mich gar nicht zu Wort kommen lassen«, antwortete Rufus. »Kaum war ich in der Küche, haben sie mir das Zeug einfach auf die Arme geladen.«

»Dann sind wir ja jetzt bestens ausgerüstet«, meinte Severin. »Es kann losgehen.« Sie verließen den Schlosshof durch den Haupteingang.

Dunkel und unergründlich lag der See vor ihnen.

»Und wie kommen wir jetzt ans andere Ufer?«, überlegte Severin laut. »Die Brücke ist nicht da.«

»Mist!« Anouk stöhnte. »Wenn es blöd läuft, können wir stundenlang warten.«

Nur wenige Male am Tag war es möglich, den See per Brücke zu überqueren. Die beiden Hälfen schwangen zu den unterschiedlichsten Zeiten über den See und vereinigten sich. Severin hatte bisher noch keine Regelmäßigkeit feststellen können.

»Schwimmen?«, schlug Merle spöttisch vor.

»Wenn du lebensmüde bist, dann nur zu«, sagte Severin. »Erst vorhin habe ich einen Albfrosch gesehen. Es war ein Jungtier, aber scheußlich genug. Seiner Mutter will ich nicht unbedingt begegnen, weder zu Wasser noch zu Lande.«

»Ich könnte fliegen«, sagte Anouk. Sie blickte ein wenig unsicher drein. »Hoffentlich schaffe ich es bis zum anderen Ufer und stürze nicht mitten über dem See ab.«

»Alles eine Frage der Konzentration«, meinte Severin.

»Das sagst du so«, gab Anouk zurück. »Ich möchte jedenfalls nicht in den See fallen und einem Albfrosch begegnen. Oder einem anderen Biest, das sich in dem schwarzen Wasser tummelt.«

Severin überlegte. »Selbst wenn du es ans andere Ufer schaffst, haben wir anderen immer noch das Problem, dass wir nicht hinüberkönnen.«

»Vielleicht ein Boot?« Anouk sah ihn fragend an. »Ich weiß, wo eines liegt. Damit sind wir schon mal rausgepaddelt und haben ein Mitternachtspicknick gemacht.«

»Ich glaube, die Lösung unseres Problems schwimmt gerade her«, murmelte Merle.

Aus dem Gestrüpp zur Linken näherte sich ein riesiger Schwan. Er war so groß wie ein Reitpony.

Severin schluckte. »Okay… Ich hoffe, der Kerl ist freundlich.«

Rufus war schon ans Ufer getreten und zerbröselte eines der Weißbrote. »Feiner Junge! Komm her und bring uns ans andere Ufer.«

Der Schwan schlabberte genüsslich die Brocken, die vor ihm ins Wasser fielen.

»Wer will den Anfang machen?«, fragte Merle. »Ich glaube, es kann immer nur einer von uns auf seinem Rücken sitzen.«

»Nein, danke, dann fliege ich lieber«, erwiderte Anouk. »Ich mag Schwäne nicht besonders. Ich bin als Kind mal von einem gebissen worden.«

»Ich gehe.« Rufus reichte dem Schwan ein letztes Brotstück mit der Hand, hielt dann den Hals fest und schwang sich ziemlich unelegant auf den Rücken des Tiers.

Severin biss sich auf die Lippe, aber der Schwan schien zu wissen, was von ihm erwartet wurde. Ruhig schwamm er über den See und brachte Rufus sicher ans andere Ufer. Dann kehrte er um und paddelte zurück.

Merle wurde als Nächstes transportiert, während

Severin das Schlusslicht bildete. Anouk stand unterdessen da und konzentrierte sich, als müsste sie sich alles ins Gedächtnis zurückrufen, was sie im Unterricht gelernt hatte.

Als Severin auf den Schwan kletterte, erhob sich Anouk in die Luft. Langsam stieg sie senkrecht auf. Ihre Miene verriet, dass sie ihrer Gabe noch nicht gänzlich vertraute. In einer Höhe von ungefähr drei Metern schwebte sie über den See. Von ferne sah es aus, als würde sie sich an einem unsichtbaren Seil entlanghangeln. Ihr Körper war stocksteif. Auch Mäxchen auf ihrer Schulter rührte sich nicht. Ihm schien die Sache äußerst unheimlich zu sein. Mit aufgerissenen Augen starrte er nach unten und klammerte sich an Anouks Haaren fest.

Ohne Zwischenfall erreichte Anouk das andere Ufer und landete sicher. Merle klopfte ihr anerkennend auf die Schulter.

»Siehst du, war doch gar nicht so schlimm. An der Körperhaltung musst du allerdings noch etwas arbeiten, damit es so lässig aussieht wie bei Superman!«

Anouk grinste schief.

Severin war froh, als der Schwan im selben Moment den See überquert hatte und auch er endlich absteigen konnte. Unterwegs hatte er im schwarzen Wasser Wellenbewegungen wahrgenommen, die nicht von den

Schwimmfüßen des Schwans stammten. Ab und zu waren sogar eine haarige Schädeldecke oder ein paar Glotzaugen an die Oberfläche gekommen. Puh! Severin erinnerte sich an die Kreaturen, von denen Magistra Elisa im Unterricht erzählt hatte. Er legte keinen Wert darauf, mit ihnen Bekanntschaft zu machen! Diese Wesen waren wahrscheinlich nicht so nett wie der Schwan!

Angriff aus der Luft

Asshoff war ein Nervenbündel, als er endlich das Firmengebäude von TEMP erreichte. Zwei Stunden lang hatte er im Stau gestanden. Heute schien überall der Teufel los zu sein! Ampeln waren ausgefallen, Fahrzeuge fuhren auf der falschen Straßenseite. Dazu kamen noch etliche Menschen, die beschlossen hatten, bei dem Chaos lieber mit dem Fahrrad zu fahren oder zu Fuß zu gehen.

Sein Hemd klebte vor Schweiß, als er mit dem Fahrstuhl in sein Büro fuhr und sich dort erst einmal frisch machte. Zum Glück gab es auf der Ebene eine Dusche, und Ersatzkleidung hatte er sowieso immer im Büro, falls er einmal Kaffee auf seine Klamotten kleckerte und danach noch ein wichtiges Meeting anstand.

Nachdem Asshoff geduscht und sich umgezogen hatte, begab er sich nach unten in die Laborräume, wo man ihn schon sehnsüchtig erwartete.

»Was ist genau passiert?«, wollte er von Ben Miller, dem stellvertretenden Abteilungsleiter, wissen, einem Mann mit einer superstarken Brille. Die Gläser sahen aus wie Lupen. Er musste extrem schlechte Augen haben. Trotzdem war Miller ein brillanter Kopf.

»Sechs Mann sind abgängig«, berichtete er. »Aber Lankers hat jeden einzelnen Schritt protokolliert, bevor er und sein Team verschwunden sind.«

Asshoff merkte, wie sein Blutdruck stieg. »Ich hatte ihm gesagt, dass er nichts unternehmen soll, bevor er den Befehl von mir erhalten hat.«

»Er hat auch nur seine Leute vorbereitet«, sagte Miller. »Die anderen waren ungeduldig, aber Lankers hielt sie zurück. Dann gab es eine Stromschwankung. Die Spannung fiel ab, und die sechs Männer verschwanden plötzlich vor unseren Augen. Es war ganz schön unheimlich. Hätte ich es nicht selbst gesehen, ich hätte es nicht geglaubt.«

Asshoff schüttelte den Kopf. »Wo ist das Protokoll?«

Miller zeigte ihm Lankers Tablet. Asshoff vertiefte sich in die Aufzeichnungen und verglich die Werte mit denen, die in den anderen Computern aufgezeichnet worden waren. Er konnte keinen Fehler feststellen und war ziemlich ratlos, worüber er sich noch mehr ärgerte. Er hatte geglaubt, dass sie ganz kurz vor dem Ziel waren. Sie hatten die andere Welt schon sehen können! Die Apparate hatten ihre Energiefelder erfasst. Und in den Aufzeichnungen stand, dass es bereits einen Zugang zu ihr gegeben hatte. Der Weg war allerdings nach ein paar Minuten wieder verschwunden, und seitdem spielten die Sensoren verrückt, anstatt ein neues Feld aufzubauen.

»Was meint der Cheftechniker?« Asshoff wandte sich erneut an Miller.

»Der meint, dass er so etwas noch nie gesehen hat und mit seinem Latein am Ende ist«, sagte dieser.

Das war nicht die Antwort, die Asshoff hatte hören wollen. Wozu hatten sie in den letzten Monaten so hart gearbeitet und zahllose Überstunden gemacht? Nur damit sie jetzt wieder bei null anfangen konnten, weil die Techniker lieber Bauklötze staunten, statt eine logische Erklärung zu liefern? Mit welchen Nieten arbeitete er zusammen?

Asshoff lockerte seinen Hemdkragen, der ihm plötzlich zu eng geworden war.

»Bis heute Abend, zwanzig Uhr, will ich einen neuen Zugang haben«, fuhr er Miller an. »Und dann leite ich das Expeditionsteam! Sie sind auch dabei.« Er bohrte seinen Zeigefinger in Millers Brust. »Außerdem will ich Niels Haag, Amadeus Döffinger, Marcel Hauck, Jean Poirot und Lisbeth Volks. Sorgen Sie dafür, dass alle ihre Ausrüstung zusammenstellen!«

Er hoffte, dass er die richtigen Leute ausgesucht hatte.

Inzwischen war es längst Zeit für die Mittagspause. Er ließ sich etwas aus der Kantine kommen und aß, während er im Laborraum von Arbeitsplatz zu Arbeitsplatz ging und die Monitore kontrollierte. Als er fertig war und sich den Mund abwischte, wusste er gar nicht, was er gegessen hatte, so sehr waren seine Gedanken mit anderen Dingen beschäftigt gewesen. Ihm fiel ein, dass er an diesem Tag noch gar nicht mit Valerie gesprochen hatte. Hatte er sie überhaupt schon in der Firma gesehen? Er konnte sich nicht erinnern. Hatte sie sich nicht freigenommen wegen Elias?

Er verließ das Labor, ging auf die Männertoilette und rief Valerie an. Als er nur die Mailbox erreichte, wurde seine Laune noch schlechter. Meine Güte, sie konnte doch wenigstens an ihr Telefon gehen, wenn ihr unmöglicher Sohn schon Rundumbetreuung verlangte!

»Hier Bernd. Melde dich«, knurrte er nach dem Piep.

Fünf Minuten später wählte er noch einmal ihre Nummer, weil es ihm leidtat, dass er so unfreundlich gewesen war. Für die Vorfälle im Labor konnte Valerie nun wirklich nichts.

»Sorry«, sprach er diesmal auf die Mailbox. »Ich bin schlecht drauf. Hier ist die Hölle los. Leider können wir uns heute Abend nicht sehen. Ich … muss Überstunden machen.«

Von der geplanten Expedition in die andere Welt konnte er ihr nichts erzählen. Bei aller Liebe, die Forschungen waren streng geheim. Selbst eine so gute Mitarbeiterin wie Valerie Lilienstedt durfte nicht erfahren, was hier im Labor vor sich ging und dass sie eine Parallelwelt entdeckt hatten. Später, wenn es offiziell war, durfte er ihr alles erzählen.

Seufzend steckte er sein Smartphone wieder ein und ging ins Labor zurück, wo seine Leute mit Hochdruck arbeiteten. Einige wirkten sehr genervt und erschöpft, was Asshoff im Geist notierte. Seine Mitarbeiter mussten belastbar sein, auch unter den schwierigsten Bedingungen. Nur so konnte eine Firma wirklich vorankommen und außergewöhnliche Ergebnisse erzielen.

Laura war noch nie so müde gewesen. Schon seit Stunden litt sie unter dumpfen Kopfschmerzen. Die Schwüle im Dschungel war unerträglich. Jetzt, am späten Nachmittag, wurden die Stechmücken immer aufdringlicher. Die neongrünen oder -gelben Insekten setzten sich auf ihre Arme und Beine. Wenn man sie abklatschte, hinterließen sie einen Duft nach Zitrone. Inzwischen überkam sie immer öfter ein Gefühl der Mutlosigkeit. Noch war kein Ende des Dschungels in Sicht. Vielleicht liefen sie in eine ganz verkehrte Richtung. In ein paar Stunden würde es dunkel werden. Ob sie bis dahin das *Schloss der Ewigkeit* erreicht hatten? Laura glaubte offen gestanden nicht mehr daran.

»Ich wünschte, ich wäre zu Hause«, jammerte Olivia. »Ich kann keinen einzigen Schritt mehr gehen.« Sie ließ sich auf den Boden fallen.

Laura wollte sie hochziehen. Sie hatte längst aufgehört zu zählen, wie oft sie das schon getan hatte. Diesmal weigerte sich die Freundin, aufzustehen.

»Olivia«, sagte Laura eindringlich, »du weißt, dass die Nacht im Dschungel gefährlich werden kann. Ich habe keine Ahnung, was hier dann so herumläuft. Es ist besser, wenn wir bis dahin im Schloss sind!«

»Ich kann aber nicht mehr!«, wiederholte Olivia, trotzig wie ein kleines Kind. »Lasst mich doch einfach hier sitzen und geht allein weiter.« Sie begann zu weinen.

Laura fühlte sich genervt und zugleich überfordert. Wie konnte sie Olivia zum Weitergehen motivieren, wenn sie selbst kaum noch Kraft hatte? Außerdem wurde Lauras schlechtes Gewissen immer größer. Wäre sie am Vormittag nicht zu Olivia gegangen, säße diese jetzt nicht hier, sondern würde mit ihrer Mutter shoppen oder Eis essen oder sonst etwas Schönes machen. Sie, Laura, war schuld, dass Olivia jetzt als heulendes Elend auf dem Boden hockte!

»Komm!«, sagte Laura und streckte Olivia beide

Hände entgegen. »Steh nur noch ein einziges Mal auf. Bitte! Wir sind gleich da. Es dauert gar nicht mehr lange.«

Zwei fette Lügen. Laura schämte sich dafür. Aber immerhin halfen ihre Worte. Olivia ließ sich hochziehen und setzte sich seufzend in Bewegung. Max, der Horatius noch auf den Schultern trug, war schon ein ganzes Stück entfernt.

»Warum kann Horatius nicht laufen?«, quengelte Olivia. »Dann könnte Max mich tragen!«

»Weil Horatius vielleicht schon hundert Jahre alt ist«, antwortete Laura. »Du bist erst dreizehn. Genau wie ich.«

»Ich fühle mich aber auch wie hundert!«, murmelte Olivia.

Laura hätte sich am liebsten die Ohren verstopft. Wieder schlug sie nach einer Mücke, die sich gerade auf ihrem Arm niederlassen wollte. Ihr fielen die vielen schwarzen Falter auf, die unterwegs waren. Regelrechte Schwärme. Zum Glück wollten diese Biester kein Blut saugen. Trotzdem machte sich Laura Sorgen. Schmetterlinge waren in dieser Welt ein Anzeichen für Magie. Und so viele dunkle Falter konnten nichts Gutes bedeuten …

»Such Laura«, sagte Severin zu seinem Kalong und gab ihm mit dem erhobenen Arm Starthilfe. »Führe uns zu ihr.«

Jonathan schwang sich in die Luft und flog in Richtung Norden davon. Bald war er nur noch ein dunkler Punkt am Himmel.

»Oje«, sagte Merle. »Wir müssen in den Dschungel. Das ist keine gute Idee.«

»Umso besser, dass du dabei bist«, sagte Severin und rang sich ein aufmunterndes Lächeln ab. »Falls Laura oder Olivia verletzt sind, kommst du gleich zum Einsatz. Obwohl ich nicht hoffe, dass es nötig sein wird.«

Mit raschen Schritten marschierten sie los, Rufus mit seinen langen Beinen vornweg.

»Puh«, schnaufte Anouk nach einer Weile, »wenn Rufus weiter das Tempo vorgibt, können wir bald nicht mehr mithalten. Ich bin längst nicht so schnell wie er.«

»Rufus, langsam!«, rief Severin seinem Mitbewohner zu. Rufus hatte bereits einen großen Vorsprung und fast den Dschungelrand erreicht. »Warte auf uns, sonst finden wir dich nicht wieder!«

Rufus gehorchte und steckte die Hände in die Hosentaschen, aber man merkte, dass er viel lieber weitergelaufen wäre.

Zum Glück war auf Jonathan Verlass. Der Flughund verschwand nicht einfach im Dschungel, sondern kreiste immer wieder in der Luft, damit die anderen ihm folgen konnten.

»Schade, dass er uns nicht verraten kann, wie weit es ist«, meinte Merle und gab Anouk einen Rippenstoß. »Magst du nicht einmal vorausfliegen und uns dann Bescheid geben?«

»Du hast keine Ahnung, wie anstrengend es ist, sich in der Luft zu halten«, sagte Anouk. »Ich muss mich so konzentrieren, dass ich mich fast nicht traue, zu atmen. Jedes Mal, wenn ich Luft hole, habe ich Angst, abzustürzen.«

»Du musst mehr trainieren«, riet ihr Merle. »Vor allem musst du deine Gabe lieben. Ich glaube ja, dass du dich insgeheim vor ihr fürchtest.«

Anouk zog zornig die Augenbrauen zusammen. »Ja, weil ich mir dabei ganz leicht den Hals brechen kann! Du hast gut reden! Dir passiert ja nichts, wenn du deine Gabe anwendest, egal, ob du jemanden heilst oder ihm schadest! Als du mein Mäxchen von den Toten zurückgeholt hast, hast du nicht einmal geschwitzt!«

Merle blieb stehen und funkelte Anouk an. »Wer behauptet das? Etwa Laura? Ich habe niemanden von den Toten zurückgeholt. Mäxchen war nur ohnmächtig!«

»Nur ohnmächtig?«, gab Anouk zurück. »Mit einem gebrochenen Genick? Für wie dumm hältst du mich?«

Severin ging dazwischen. »Hört auf, euch zu streiten! Das hilft uns kein Stück weiter! Im Moment gibt es wirklich wichtigere Probleme als euren Hühner-, äh, Zickenkrieg!«

Anouk und Merle wechselten einen Blick und fingen gleichzeitig an zu lachen.

»Von wegen, Zickenhuhn!«, rief Merle und begann, Severin unter der Achsel zu kitzeln.

»Ja, sag das noch mal!« Anouk kitzelte ihn von der anderen Seite.

Mäxchen fand die Kabbelei ganz toll und sprang kreischend von einem Kopf zum anderen.

Nach einer Weile kehrte Ruhe ein, und sie gingen weiter. Im Dschungel herrschte eine drückende Schwüle, die ihnen die Luft nahm und sich wie ein schweres Gewicht auf ihre Lungen legte.

»Jetzt weiß ich wieder, warum ich so ungern in Tropenhäuser im Zoo gehe«, sagte Anouk. »Obwohl ich Krokodile und Schlangen eigentlich total faszinierend finde. Wusstet ihr, dass bei Krokodilen die Temperatur bestimmt, ob aus den Eiern männliche oder weibliche Nachkommen schlüpfen?«

»Ist mir neu«, brummte Rufus, während Merle nickte und sagte, dass sie das schon mal gehört hatte.

»Bei Schildkröten ist das genauso«, meinte sie. »Frag Shirin. Ob ihre Schildkröte Euphemia schon mal Eier gelegt hat?«

In diesem Moment ertönte über ihnen ein lautes Krächzen. Severin blickte nach oben und sog überrascht die Luft ein.

Zwischen den Bäumen schwebte ein großer Vogel. Nein, es war kein richtiger Vogel, obwohl er schillernde Federn besaß. Er hatte auffallend lange Beine mit Klauen und einen Schnabel voller Zähne.

Severin schluckte. »Der sieht aus wie ein Archaeopteryx – nur viel größer!«

Auch die anderen starrten das Flugtier gebannt an, das in der Luft kreiste und sie beobachtete.

»Ob er uns für Beute hält?«, fragte Anouk ängstlich.

»Wir sind doch ein bisschen zu groß für ihn«, sagte Merle.

Da kam Jonathan angeflogen, der wieder einmal Ausschau nach ihnen hielt und sich vergewisserte, dass sie nachgekommen waren.

Der Vogelsaurier entdeckte den Kalong und schoss sofort auf ihn zu.

»Jonathan!«, schrie Severin voller Angst. Das riesige Tier konnte seinem Flughund gefährlich werden!

Jonathan schlug einen geschickten Haken und ließ sich fallen. So entkam er den Zähnen des Vogelsauriers. Doch der gab nicht auf. Immer wieder versuchte er, den Kalong anzugreifen. Die beiden schienen sich ineinander zu verknäulen. Severin begann zu brüllen, als er das Gewirr aus Flügeln und Federn sah. Er hätte seinem Kalong so gern geholfen! Aber die menschliche Stimme machte auf den Flugsaurier keinen Eindruck. Er ließ sich dadurch nicht vertreiben. Severin musste hilflos zuschauen, wie der Saurier seine Krallen nach dem Kalong ausstreckte.

Da griff Anouk ein. Sie drückte Merle ihr Gepäck in die Hand, setzte Mäxchen auf ihre Schulter und sprang in die Luft. Diesmal schwebte sie nicht, sondern schoss senkrecht nach oben wie ein Pfeil. Mit ihren Fäusten drosch sie auf den Flugsaurier ein, bis dieser von Jonathan abließ. Wütend zischte er Anouk an. Sie gab ihm einen heftigen Schlag auf den Schnabel und schrie ihn an.

»Hau ab, du blödes Biest! Lass uns in Ruhe!«

Schließlich hatte der Saurier genug und drehte ab. Anouk ließ sich wieder zu Boden sinken. Auf den letzten beiden Metern verließ sie die Kraft, und sie plumpste ins Moos.

Jonathan war unterdessen an Severins Brust geflüchtet und schmiegte sich an ihn. Severin versuchte, den aufgeregten Flughund zu beruhigen, und untersuchte ihn auf Verletzungen. Der Kalong blutete an mehreren Stellen, wo die Krallen des Sauriers ihn getroffen hatten.

»Hast du dir wehgetan?« Merle half Anouk beim Aufstehen.

Anouk schüttelte den Kopf. »Alles okay, glaube ich.«

»Wow, das war der Wahnsinn!«, rief Rufus. »Wie du es dem Vieh gezeigt hast! Super!«

»Ja, das war total mutig von dir«, sagte auch Severin. Er war überglücklich, dass Anouk seinen Flughund gerettet hatte. Jonathan hätte den Kampf gegen den Flugsaurier wahrscheinlich verloren!

»Ich habe gar nicht überlegt«, meinte Anouk. »Mir war klar, dass nur ich Jonathan helfen konnte. Und da war ich auch schon oben in der Luft. Es ging fast von allein.«

»Toll gemacht!« Merle klopfte Anouk anerkennend auf die Schulter. Dann wandte sie sich Severin zu. »Was ist mit Jonathan?«

»Er hat ein bisschen was abbekommen«, sagte Severin. »Nicht sehr schlimm, aber ich weiß nicht, ob er uns weiterhin den Weg zeigen kann, solange er blutet.«

»Gib ihn mir«, verlangte Merle und streckte die Hände nach dem Flughund aus.

Severin übereichte ihr den Kalong. Merle drückte Jonathan an ihre Brust und wandte sich von den anderen ab. Rufus reckte neugierig den Hals, aber Severin fasste ihn am Arm.

»Lass sie in Ruhe. Sie wird Jonathan heilen.«

Der gestohlene Mittwoch

Während seine Leute fieberhaft arbeiteten, um erneut einen Zugang zu der Parallelwelt herzustellen, überlegte Asshoff, welche zusätzlichen Ausrüstungsgegenstände sie mitnehmen sollten. Es war zu erwarten, dass sie auf Widerstand stoßen würden. Deswegen sollten sie auf alles vorbereitet sein. Er rief Niels Haag zu sich, um sich mit ihm abzustimmen.

»Sie meinen, wir brauchen Waffen?« Niels Haag war ein großer, schlaksiger Mann mit dunklen Locken. Normalerweise ließ er sich leicht begeistern, und dann leuchteten seine Augen. Doch jetzt runzelte er skeptisch die Stirn. »Woher wollen Sie wissen, dass uns die andere Welt feindlich gesinnt ist, Doktor Asshoff?«

Weil es normalerweise niemand mag, wenn Fremde unangekündigt in ein Land eindringen.

»Wenn wir Waffen mit uns tragen, dann heißt das noch lange nicht, dass wir sie benutzen«, sagte Asshoff ungehalten. »Ich schlage vor, dass wir neben Gewehren tragbare Flammenwerfer und Rauchgranaten mitnehmen.«

Auf Niels Haags Miene zeichnete sich ab, dass er mit diesem Plan nicht einverstanden war. Aber er, Asshoff, war immer noch der Chef, und die Mitarbeiter hatten seinen Anweisungen Folge zu leisten. Sonst konnten sie sich gleich ihre Papiere abholen und sich einen neuen Job suchen.

»So etwas ist immer schlecht ausgegangen«, meinte Niels Haag. »Die Geschichte liefert uns dafür genügend Beispiele. Die Konquistadoren in Südamerika. Die haben die Indianer einfach abgeschlachtet. Und wer nicht durch Waffengewalt gestorben ist, den haben die Masern erwischt. Das ist nur ein Beispiel. Bei vielen anderen Völkern war es ähnlich.«

»Sie sind nicht da, um mich zu belehren«, fuhr Asshoff ihn an. Er überlegte, ob es richtig gewesen war, Niels Haag für die Expedition auszuwählen. Dieser aufmüpfige Mann trug offenbar eine Menge Rebellengeist in sich. Was Asshoff jedoch brauchte, war Treue und Gehorsam. »Sind Sie in der Lage, mir die gewünschten Gegenstände zu besorgen?«

Niels Haag zögerte und kratzte sich am Hinterkopf. »Es handelt sich um lauter verbotene Waffen, Doktor Asshoff.«

»Na und? Seit wann muss sich die Firma TEMP an Gesetze halten? Wir machen Gesetze! Wir sind eine der größten und einflussreichsten Firmen des Landes und zahlen eine Menge Steuern. In dieser Welt wird niemand zu Schaden kommen, und was in der anderen Welt passiert, weiß keiner von uns im Voraus. Also – können Sie das Gewünschte beschaffen, oder wollen Sie ab morgen über sehr viel Freizeit verfügen?«

Niels Haag wurde blass. Er hatte die Drohung verstanden. »Ich … ich kenne ein paar Leute, die mir vielleicht behilflich sind.«

»Na also. Geht doch.« Asshoff lächelte dünn. »Und beeilen Sie sich damit. In zwei Stunden sind die Waffen da, sonst können Sie Ihre Sachen packen.«

Er sah Niels Haag nach, der mit gesenktem Kopf davonging. Hoffentlich riss sich dieser Mann zusammen. Das Leben war kein Ponyhof, und besondere Maßnahmen erforderten eben auch besondere Mittel. Und Haag sollte sich bloß nicht damit herausreden, dass sich die Waffen nicht beschaffen ließen. Dank des Darknets ließen sich solche Wünsche leicht erfüllen, ob legal oder nicht.

Asshoff ging in das Labor zurück, um zu sehen, wie weit die Techniker waren. Die Stimmung war angespannt, das merkte er gleich, als er den Raum betrat. Fieberhafte Berechnungen, endlose Tabellen, unermüdliches Rattern der Drucker, die immer neue Grafiken ausspuckten. Selbst Ben Miller stand der Schweiß auf der Stirn, obwohl sich der Mann sonst nicht leicht aus der Ruhe bringen ließ. Ein Fels in der Brandung. Ein kühler Kopf bei TEMP.

»Wurde schon eine Lösung gefunden?«, fragte Asshoff.

»Wir arbeiten mit Hochdruck daran«, sagte Miller. »Die Techniker geben ihr Bestes. Aber leider können wir keine Wunder bewirken.«

Der Cheftechniker Rolf Brahm sah aus, als würde er gleich vor Müdigkeit umfallen. Er hatte dunkle Ringe unter den Augen, und seine Nasenfalten traten stärker hervor als sonst. Als er merkte, dass sich Asshoff näherte, blickte er von seinem Schreibtisch auf.

»Gibt es Neuigkeiten?«, wollte Asshoff wissen.

Brahm seufzte. »Der Zugang heute Morgen entstand per Zufall. Wir versuchen, die gleichen Bedingungen herzustellen, aber es ist schwierig, weil immer wieder Schwankungen dazwischenkommen.« Er rieb sich die Augen. »Eine Möglichkeit gibt es, allerdings …«

»Allerdings was? Reden Sie weiter, Brahm!«, forderte Asshoff den Cheftechniker auf.

»Allerdings weiß ich nicht, ob dieser Lösungsweg realistisch ist.« Brahm sah Asshoff jetzt direkt ins Gesicht. »Wir arbeiten hier mit Zeit. Möglicherweise könnten wir hier genügend Energie für einen Zugang bekommen, wenn uns der Mittwoch zur Verfügung stünde.«

»Mittwoch ist übermorgen.« Asshoff regte sich auf. »Ich will, dass der Zugang spätestens bis zwanzig Uhr steht. Heute ist Montag, und da reden Sie von Mittwoch!«

Brahm schüttelte den Kopf. »Sie haben mich falsch verstanden, Doktor Asshoff. Wenn wir auf einen Tag in dieser Woche verzichten und diese gewonnenen vierundzwanzig Stunden zusammenpressen, lässt sich möglicherweise ein Zugang herstellen. Ich schlage Mittwoch vor, denn der Dienstag ist zu knapp, falls die Expeditionsteilnehmer erst morgen zurückkehren.«

Asshoff brauchte einen Moment, bis er begriffen hatte, was der Techniker meinte.

»Wir sollen den Mittwoch stehlen?«, fragte er nach.

»Na ja, stehlen hört sich unschön an«, sagte Brahm. »Wir lassen den Mittwoch ausfallen. Nur diese Woche. Gut, vielleicht gerät einiges durcheinander, aber ich wette, den meisten Menschen wird es gar nicht auffallen, dass ein Tag fehlt. Sie werden sich lediglich nicht daran erinnern können, was sie mittwochs getan haben.«

Asshoff überlegte. Es klang zwar immer noch befremdlich, aber es war ihm alles recht, wenn sie auf diese Weise nur die Parallelwelt erreichen konnten. Der Techniker würde sich schon etwas gedacht haben.

Asshoff spürte in seiner Brust wieder jenes Brennen, das ihn sein Leben lang begleitet hatte. Ehrgeiz. Der Wunsch, Großes zu leisten. Immer der Beste zu sein. Die Sehnsucht nach Anerkennung und Bewunderung. Er war so kurz vor dem Ziel. Seine Leistung würde die Welt verändern!

Es tat ihm leid, dass seine Mutter seinen Triumph nicht mehr erleben würde. Sie war vor einigen Jahren gestorben. Er hatte sich immer bemüht, ihre Erwartungen zu erfüllen, aber seine Anstrengungen hatten nie genügt. Egal, ob er Klassenbester gewesen war oder sein Abitur mit 1,0 bestanden hatte. Oder ob er sein Studium mit summa cum laude abgeschlossen hatte. Für seine Mutter war das alles selbstverständlich gewesen. Nie war aus ihrem Mund ein Lob gekommen. Das hatte ihn nur noch mehr angetrieben. Inzwischen war der Ehrgeiz längst zu seiner zweiten Natur geworden. Er konnte nicht mehr anders. Überall witterte er Konkurrenz, auch im Privatleben. Er hatte Alice mit seiner Eifersucht gequält, und auch jetzt brachte es ihn fast um, wenn Valerie erzählte, dass sie sich wieder mit Peter getroffen hatte. Selbst wenn es nur der Kinder wegen war.

Er presste die Lippen zusammen. Bald würde alles

anders werden. Sein Sieg über die Zeit. Er würde mit Valerie zusammenziehen. Und Rebekka würde in Kürze ein glückliches Mädchen sein.

»Ich soll es also riskieren, Doktor Asshoff?« Rolf Brahm stellte ihm die Frage schon zum zweiten Mal und riss ihn aus seinen Gedanken.

»Ja, natürlich. Tun Sie alles, was notwendig ist. Ich will diesen Zugang, koste es, was es wolle!« Damit verließ Asshoff den Cheftechniker und wollte aus dem Labor gehen, um sich zu erkundigen, wie weit Niels Haag inzwischen in Sachen Waffen gekommen war.

Die Tür glitt vor ihm auf, aber im nächsten Moment stand er wieder neben Rolf Brahm.

»Ich soll es also riskieren, Doktor Asshoff?«

Asshoff runzelte die Stirn. »Das habe ich Ihnen doch gerade gesagt. Sind Sie taub?«

Der Cheftechniker zuckte mit den Schultern und wandte sich seiner Arbeit zu.

Asshoff wollte den Raum verlassen. Wieder glitt die Tür vor ihm auf …

… und im nächsten Moment stand er erneut neben dem Techniker.

»Ich soll es also riskieren, Doktor Asshoff?«, fragte dieser.

Asshoff starrte ihn nur an. Er kam sich vor wie im falschen Film. Wurde er jetzt verrückt? Es kam vor, dass man das Gefühl hatte, etwas schon einmal erlebt zu haben. Das Phänomen nannte man Déjà-vu. Aber diese Szene lief jetzt definitiv schon zum dritten Mal ab. Es war wie verhext!

Asshoff zwang sich zur Ruhe. Wahrscheinlich war er überarbeitet. In der letzten Zeit hatte er sich kaum Erholungspausen gegönnt. Er war eben auch nicht mehr der Jüngste, und der ganze Stress und der ständige Druck hatten ihren Preis. Kein Wunder, dass sein Gehirn ihn jetzt an der Nase herumführte. Er musste einen Gang runterschalten und alles langsamer angehen.

»Was genau werden Sie tun?«, fragte er Brahm.

Brahm setzte zu einer umständlichen Erklärung an, sprach von Stauchung des Raums und Komprimierung der Zeit. Asshoff bemühte sich, seinen Ausführungen zu folgen, aber er konnte sich nicht genug konzentrieren. Schweißtropfen bildeten sich auf seiner Stirn. Er brauchte dringend eine Pause.

»Gut, gut, das genügt!«, unterbrach er den Techniker. »Ich habe das Prinzip begriffen.«

Wieder wollte er den Raum verlassen. Die Tür glitt auf und blieb offen. Gleichzeitig verstummten alle Geräusche im Labor. Als Asshoff sich umdrehte, sah er, wie sich die Menschen in Zeitlupentempo bewegten. Er schloss die Augen und stöhnte.

Kurz darauf setzte der Lärm wieder ein, und alles war normal. Asshoff schüttelte den Kopf und wollte hinaus.

»Warten Sie bitte, Doktor Asshoff!« Ben Miller kam herbeigeeilt. Sein Gesicht hatte rote Flecken. »Wir hatten gerade eine Zeitschleife. Haben Sie es auch bemerkt?«

Asshoff schluckte. »Ich habe drei Mal versucht, diesen Raum zu verlassen.«

Miller nickte. »Genau. Der gleiche Vorgang wiederholt sich in kürzester Zeit. Es tut mir leid, aber wir haben eben noch sehr wenig Erfahrung mit diesen Dingen. Die Zeit ist ein sehr komplexer Prozess, und vieles läuft anders ab, als wir es uns vorstellen.«

»Machen Sie weiter Ihre Arbeit, Miller«, sagte Asshoff. »Hauptsache, der Zugang steht in Kürze.«

Dann verließ er mit großen Schritten den Raum. Diesmal hielt ihn nichts zurück.

Merle gab Severin den Kalong zurück. »Alles ist gut«, versicherte sie ihm. »Von den Wunden ist nichts mehr zu sehen.«

Severin war heilfroh. »Danke. Du bist super, Merle. Ich wünschte, ich hätte deine Gabe.«

Sogleich verfinsterte sich Merles Miene. »Das wünschst du dir nicht wirklich«, widersprach sie. »Manchmal frage ich mich, ob es eine Gabe ist oder ein Fluch.«

»Wie meinst du das?«, hakte Severin nach, aber Merle ließ ihn stehen, ohne zu antworten. Gut, sie mochte nicht darüber reden. Das akzeptierte er. Für manche der Jugendlichen war es nicht einfach, zu begreifen, dass sie auf einmal ein außergewöhnliches Talent besaßen. Er konnte sich noch gut daran erinnern, wie Liam sich beklagt hatte, als er plötzlich im Dunkeln sehen konnte.

Es ist, als würde ich ständig durch ein Nachtsichtgerät schauen. Ich sehe keine bunten Farben, Severin. Alles ist schwarz-weiß. Ich habe Mühe, überhaupt zu schlafen …

Severin dagegen hatte sich schon immer für Schlösser und Geheimbotschaften interessiert. Bereits in der Grundschule hatten er und sein Freund sich Nachrichten geschrieben, die kein anderer lesen sollte. Severin hatte deswegen verschiedene Geheimschriften erfunden und großen Spaß dabei gehabt. Und als ein Klassenkamerad ihn einmal in der Turnhalle eingeschlossen hatte, hatte er eine Büroklammer aufgebogen und so lange an dem Schloss herumgefummelt, bis die Tür aufgesprungen war. Danach hatte er sich alle möglichen Schlösser vorgenommen: die von normalen Zimmertüren, Fahrradschlösser, die Schlösser der Spinde in der Schule. Er hatte andere Menschen nie bestohlen oder ihnen etwas weggenommen, es ging ihm nur um die Herausforderung. Und seit er die Welt des Achttags kannte, hatte sich seine Fähigkeit um mindestens das Zehnfache verbessert. Er war stolz darauf.

Jonathan bewegte sich unruhig in seinen Händen. Severin erinnerte sich wieder daran, warum sie unterwegs waren.

»Such Laura!«, rief er und ließ den Kalong fliegen.

Jonathan flatterte zögernd los und kreiste erst einmal über ihnen.

»Hoffentlich traut er sich überhaupt noch, durch den Dschungel zu fliegen«, sagte Anouk besorgt. »Ich an seiner Stelle hätte jetzt riesige Angst, dass ich noch einmal angegriffen werde.«

Doch Jonathan brauchte offenbar nur einen Moment, um sich zu orientieren. Dann flog er in nördliche Richtung weiter.

Severin, Rufus, Anouk und Merle folgten ihm.

Eine halbe Stunde marschierten sie durch den Dschungel, ohne dass es einen weiteren Zwischenfall gab. Es war anstrengend. Der schmale Pfad hatte sich inzwischen im Nichts verloren. Immer wieder mussten sie Zweige oder Gestrüpp zur Seite schieben oder sumpfige Stellen umgehen. Die Schwüle war beinahe unerträglich.

»Was ist da?« Merle blieb stehen und deutete auf etwas Weißes vor ihnen.

Neugierig und zugleich mit mulmigem Gefühl im Bauch näherten sie sich dem Ding.

»Das ist ein Schutzanzug aus Kunststoff«, stellte Severin fest. »Wie kommt denn der hierher?«

»Vielleicht hat jemand ihn ausgezogen und liegen gelassen«, vermutete Anouk. »Man muss ja in so einem Ding höllisch schwitzen!«

»Also, zu Hause würde ich mich nicht wundern, wenn ich so einen Anzug im Wald fände«, meinte Severin. »Die Leute werfen ja alles Mögliche weg. Aber hier? Ein Kunststoffanzug? Der passt irgendwie nicht in diese Welt!«

Die anderen nickten zustimmend.

Merle bückte sich schließlich und hob den Anzug auf, um ihn zu untersuchen. Dabei entdeckte sie das Label.

»Von TEMP«, sagte sie und zeigte auf das Etikett.

Severin wurde blass. »Das bedeutet, dass TEMP es bereits geschafft hat«, sagte er mit rauer Stimme. »Sie haben diese Welt entdeckt. Sie sind hier. Jetzt geht es um alles! Sie wollen die Macht über die Zeit!«

»Vielleicht ist der Typ ja nicht weit gekommen«, sagte Merle. »Könnte ja sein, dass er auch so eine nette Begegnung mit einem hungrigen Dschungelwesen hatte. Plastikteile sind bekanntlich schwer verdaulich.«

Sie sahen sich genau um, entdeckten aber nirgends Blut oder Knochen. Severin war einerseits froh darüber, andererseits machte er sich große Sorgen. Wo war der Besitzer des Anzugs? War er allein gekommen? Oder wimmelte der Dschungel inzwischen von Asshoffs Leuten?

Er hatte ein ungutes Gefühl.

Merle rollte den Anzug zusammen und steckte ihn in ihren Rucksack. »Vielleicht brauchen wir ihn ja noch. Und wenn nicht, dann liegt das Ding wenigstens nicht weiter hier herum.«

»Wir schaffen es nicht.« Olivia weigerte sich, auch nur noch einen Schritt weiterzugehen. Inzwischen war die Dämmerung hereingebrochen. Noch immer gab es keinerlei Anzeichen dafür, dass der Dschungel bald enden würde.

»Es wird uns wohl nichts anderes übrig bleiben, als hier die Nacht zu verbringen«, sagte Max und bettete Horatius vorsichtig auf den Boden. Der Alte war auf Max' Schultern eingeschlafen.

Laura sank auf die Knie. Sie war so unendlich müde. Ihr war zum Heulen zumute. Der Durst war unerträglich, obwohl sie hin und wieder ein paar saftige Früchte gegessen hatten, nachdem Max sie zuvor gekostet hatte. Das war zwar keine Garantie, dass sie keine Probleme bekommen würden, aber zumindest eine kleine Sicherheit.

Bisher hatten sie Glück gehabt. Niemand von ihnen klagte über Bauchweh oder Übelkeit.

»Ich baue uns ein Lager«, sagte Max. »Wer von euch hilft mir?«

Olivia und Laura wechselten einen Blick. Sie waren beide ungeheuer erschöpft. Andererseits war es unfair, Max die ganze Arbeit zu überlassen. Obwohl er für TEMP arbeitete, hatte er sich bisher sehr anständig benommen. Er schien Erfahrung darin zu haben, wie man in der Wildnis überlebte, und dafür war Laura ihm dankbar. Selbst wenn er zur Gegenseite gehörte.

Laura seufzte und gesellte sich zu ihm. Unter seinem Overall trug Max einen Werkzeuggürtel. Er zog ein Buschmesser hervor und fing an, damit Äste abzuschneiden. Daraus bauten sie das Grundgerüst für einen Unterschlupf. Wie gut, dass Max auch eine Spule mit starkem Garn dabeihatte. Es wäre viel schwieriger gewesen, die Äste mit Pflanzenfasern zusammenzubinden.

Olivia sah erst eine Weile zu, dann half sie ebenfalls mit. Als das Grundgerüst stand, deckten sie die Oberseite mit großen Blättern und Farnwedeln.

Immer wieder blickte Laura zum Himmel, der zunehmend dunkler wurde. Plötzlich entdeckte sie etwas Schwarzes, das über ihr kreiste und dann zu ihr herabstieß.

»Jonathan!«, rief Laura freudig. »Da bist du ja wieder!«

Der Kalong fiepte aufgeregt, so, als wollte er ihr

etwas mitteilen. Laura streichelte ihn, aber sie spürte, wie unruhig das Tier war.

»Was ist denn los mit dir?«, fragte sie. Enttäuscht musste sie zusehen, wie der Flughund wieder losflatterte und im Dschungel verschwand. Sie zuckte mit den Schultern und sah Olivia an. »Keine Ahnung, was er auf einmal hat!«

Das provisorische Lager war gerade fertig, als Max innehielt und lauschte. Auch Laura spitzte die Ohren. Es knackte im Gebüsch. Kam da ein großes Tier auf sie zu? Ihr Herz klopfte schneller. Max zog sein Buschmesser und machte sich kampfbereit.

Doch dann vernahmen sie Stimmen.

Wenig später tauchten Severin und Anouk zwischen den Büschen auf. Merle und ein Junge, den Laura nicht kannte, folgten ihnen.

Laura quietschte vor Freude los. »Ihr habt uns gefunden! Wir sind gerettet!« Sie sprang los und umarmte zunächst Anouk, danach Severin und Merle. Bei Rufus zögerte sie.

»Hallo, ich bin Rufus«, sagte der Junge und streckte ihr etwas tollpatschig die Hand entgegen. »Wir haben euch gesucht!«

»Und dank Jonathans Hilfe auch gefunden!« Anouk strahlte Laura an. Dann fiel ihr Blick auf Max. »Wer ist das?«

»Max hat uns geholfen«, berichtete Laura. »Olivia und ich haben Magister Horatius im Dschungel gefunden. Max hat ihn die meiste Zeit getragen.«

»Hallo«, sagte Max und hob grüßend die Hand. »Dann könnt ihr uns hoffentlich den Weg aus dem Dschungel zeigen.«

Severin nickte, ohne zu lächeln.

»Ich bin übrigens Olivia, Lauras Freundin«, stellte sich Olivia den anderen vor.

»Wir haben Essen und Getränke dabei«, verkündete Anouk. »Die Feen haben bestens für uns gesorgt. Ich denke, es reicht für uns alle.«

»Noch ein paar Minuten länger, und ich wäre verhungert«, behauptete Olivia.

Während Anouk ihren Rucksack auspackte, zog Severin Laura zur Seite.

»Er gehört zu TEMP!« Er deutete unauffällig auf Max, der seinen Overall inzwischen halb heruntergerollt hatte, sodass das Etikett nicht mehr sichtbar war.

»Ich weiß«, flüsterte Laura. »Aber er hat uns wirklich sehr geholfen. Ich glaube, er ist ganz in Ordnung.«

Severin schnitt eine Grimasse. »Wir haben unterwegs einen anderen Overall von TEMP gefunden. Er lag auf dem Boden, jemand hat ihn einfach zurückgelassen. Weißt du, wie viele Leute von TEMP hier herumlaufen?«

»Ich habe nur Max gesehen«, antwortete Laura leise.

»Okay, dann müssen wir versuchen, herauszufinden, ob er wirklich allein gekommen ist«, murmelte Severin.

Sie gingen wieder zu den anderen. Während Horatius im Schutz des Unterschlupfs schlief, hatten Merle, Anouk und Rufus die Lunchpakete auf einem großen Farnwedel ausgebreitet. Laura lief das Wasser im Mund zusammen. Es kam ihr so vor, als würde die letzte Mahlzeit schon wochenlang zurückliegen.

»Picknick im Dschungel«, erklärte Olivia mit glänzenden Augen. »Wie romantisch!« Sie lächelte Severin von der Seite an.

Laura schluckte. Sie hatte ganz verdrängt, dass Olivia in Severin verliebt war. Es gab ihr einen Stich, zu sehen, wie die beiden jetzt nebeneinandersaßen. Es fehlte nur noch, dass Olivia Severin mit Käsewürfeln oder Apfelstückchen fütterte!

Die Nacht brach herein. Severin schaltete die Taschenlampenfunktion seines Smartphones ein, damit sie nicht ganz im Dunkeln saßen. Lange würde sein Akku das allerdings sicher nicht mitmachen.

»Ich habe eine bessere Idee«, sagte Max und holte aus seinem Survival-Gürtel einen Docht und ein kleines Glasgefäß. Dann schraubte er eine kleine Flasche auf und goss etwas von der Flüssigkeit darinnen in das Glas.

»Lampenöl«, verkündete er. »Das hat den Vorteil, dass der Geruch auch die Mücken etwas fernhält.« Er tauchte den Docht ins Glas und zündete das andere Ende mit einem Sturmfeuerzeug an. Kurz darauf flackerte ein kleines Licht auf.

Severin steckte sein Smartphone wieder ein. »Sie sind ja bestens ausgerüstet.«

Max lachte. »Ich musste schon als Kind jeden Sommer mit zum Campingurlaub.«

Laura biss herzhaft in ein Sandwich, das mit Käse, Salat und Paprikastreifen belegt war. Sie bemühte sich, langsam zu essen und nicht zu schlingen, um keine Magenschmerzen zu bekommen. Am liebsten hätte sie gleich drei von den Dingern auf einmal verdrückt, so sehr verlangte es sie nach Nahrung.

Auch Olivia futterte wie ein Scheunendrescher und unterbrach ihre Mahlzeit nur ab und zu, um Severin einen weiteren schmachtenden Blick zuzuwerfen.

Merle war als Erste fertig. Sie zog sich in den Unterschlupf zurück und kümmerte sich um Magister Horatius, der inzwischen wach geworden war. Sie gab dem alten Mann zu trinken und fütterte ihn. Laura konnte nur noch schwach Merles Umrisse erkennen, aber dann sah sie, wie das Mädchen dem Alten die Hand auflegte.

Laura hoffte sehr, dass Merles Gabe Magister Horatius auch diesmal helfen würde. Der Alte war zuletzt so schwach gewesen, dass Laura Angst gehabt hatte, dass er noch in dieser Nacht sterben würde.

Der Überfall

Es war kurz vor zwanzig Uhr. Asshoff hatte inzwischen noch ein paar Mal versucht, Valerie zu erreichen, aber kein Glück gehabt. Dann hatte er in der Klinik angerufen, um sich zu erkundigen, wie es Rebekka ging und ob mittlerweile eine Besserung eingetreten war. Leider bekam er nur eine unfreundliche Schwester an den Apparat. Diese schnauzte ihn gleich an.

»Am Telefon geben wir keine Auskunft! Kommen Sie morgen persönlich vorbei!«

Bevor er etwas erwidern konnte, war die Verbindung schon unterbrochen.

Das Gespräch verbesserte nicht gerade seine Laune. Die Sorge um seine Tochter lag wie Blei auf seiner Brust. Nur mit Mühe gelang es ihm, sich auf das zu konzentrieren, was vor ihm lag.

Sein Team war unterdessen bereit. Niels Haag hatte es tatsächlich fertiggebracht, die Waffen zu beschaffen, aber Asshoff merkte ihm an, wie zuwider sie ihm waren.

»Haag, wenn Sie auf die Expedition nicht mitkommen wollen, dann sagen Sie es!«, fuhr Asshoff seinen Mitarbeiter an. »Ich zwinge niemanden. Aber wenn Sie dabei sind, dann erwarte ich volle Unterstützung. Haben Sie das begriffen?«

Niels Haag nickte.

»Und?«

»Ich bin dabei, Doktor Asshoff!«

Asshoff war zufrieden und blickte in die Runde.

Lauter erwartungsvolle und aufgeregte Gesichter. Nur Niels Haag vermied den Augenkontakt. Asshoff fragte sich zum wiederholten Mal, ob es ein Fehler gewesen war, dass er ihn in sein Team gerufen hatte. Aber Haag war ein Mann, der blitzschnell kombinieren konnte. Und der, wenn es darauf ankam, ohne Zögern handelte.

Asshoff merkte, wie seine innere Anspannung stieg. In wenigen Minuten würde das Abenteuer losgehen. Er hatte keine Ahnung, was ihn in der Parallelwelt erwarten würde. Eines war sicher: Eine derartige Chance, eine neue Welt zu entdecken, kam nie wieder. So ähnlich musste sich Kolumbus gefühlt haben, als er damals aufbrach, um den Seeweg nach Indien zu suchen. Dann war zwar alles anders gekommen als gedacht, aber sein Name war unsterblich geworden.

»Der Countdown läuft«, teilte ihm der Cheftechniker mit. Eine Computerstimme zählte die Sekunden zurück.

Fünf. Vier. Drei. Zwei. Eins.

Nichts geschah.

Asshoff wartete. War irritiert. Seine Leute sahen sich ratlos um. Wurden unruhig.

»Was ist da schiefgegangen, Brahm?«, rief er.

»Ich weiß es nicht, Doktor Asshoff«, antwortete Brahm von seinem Schaltpult aus. Er drückte in Panik etliche Knöpfe. »Eigentlich müsste jetzt die Verbindung stehen …«

Asshoff biss auf seine Lippe. Er hasste das Wort »eigentlich«. Er wollte Fakten. Wollte wissen, wo der Fehler lag.

»Ich verstehe das nicht«, murmelte Brahm, sichtlich verzweifelt.

Dann geschah es.

Der Boden des Raums wurde weich wie Watte. Asshoff hatte den Eindruck, bis zur Hüfte zu versinken. Er ruderte mit den Armen, um das Gleichgewicht zu wahren. Die anderen seines Teams taumelten ebenso, als wären sie betrunken.

Mit einem Mal wurde alles dunkel, als hätte jemand das Licht ausgeknipst.

Ein schwarzes Nichts.

Asshoff ächzte.

War das normal? Oder war das Experiment schiefgegangen?

»Er fehlt«, sagte Magister Korbinian und scrollte mit der Maus, während die Tabellen über den Monitor sausten. »Mein Onkel wüsste sicher, wo der Fehler liegt.«

Er und Valerie Lilienstedt hatten stundenlang konzentriert gearbeitet. Es gab weiterhin diese Störungen. Unzählige Male hatte der Boden geschwankt. Nicht sehr stark, aber trotzdem deutlich bemerkbar. Sie hatten das Problem immer noch nicht in den Griff bekommen.

»Wir könnten Energie von der Eiswelt abziehen«, schlug Magister Korbinian vor. »Vielleicht würde das reichen, um den Hauptbereich wieder stabiler zu machen.«

»Aber die Eiswelt ist gerade im Aufbau«, wandte Valerie ein. »Und sie ist eine Herzensangelegenheit von Horatius.«

»Allerdings.« Korbinian nickte. »Mein Onkel hat schon als Kind die Reiseberichte von Roald Amundsen geliebt und wäre gern bei der Eroberung des Südpols dabei gewesen.«

Valerie nickte. »Oft wird man durch Dinge geprägt, die einen in der Kindheit begeistern.« Sie räusperte sich.

»Ich schlage vor, dass wir eine Pause machen. Ich muss dringend nach meinen Schützlingen sehen. Ich hoffe, dass Severin Laura inzwischen gefunden hat.«

»Gehen Sie nur«, sagte Korbinian. »Ich mache hier so lange allein weiter.«

Valerie verließ den Raum und eilte den Gang entlang. Das blaue Licht wirkte kälter als gewöhnlich, und Valerie fröstelte. Ihr Magen schmerzte, sie hatte schon lange nichts mehr gegessen. Außerdem waren ihre Sorgen um Laura größer, als sie es vor Magister Korbinian hatte zugeben wollen. Schließlich war sie ihre Tochter, auch wenn Valerie hier in dieser Welt die Rolle von Magistra Elisa spielen musste …

Sie durchquerte das Gewölbelabyrinth, erreichte die Treppe und lief hoch bis in den zweiten Stock. Vor dem Viererzimmer, das Anouk, Merle, Shirin und Laura bewohnten, blieb sie stehen und klopfte an die Tür.

Es dauerte zwei Sekunden, dann öffnete Shirin Fouqué, das Mädchen mit den langen schwarzen Zöpfen. Sie presste Euphemia, ihre Landschildkröte, an die Brust, so als hätte sie Angst, allein zu sein.

»Magistra Elisa!«

»Darf ich reinkommen?«, fragte Valerie.

»Klar.« Shirin trat zur Seite, um Platz zu machen.

»Wo sind die anderen?«, wollte Valerie wissen, als sie sich im Raum umgesehen hatte.

»Merle und Anouk müssen hier sein, zumindest sind ihre Sachen da.« Shirin deutete auf Merles zerwühltes Bettzeug. Auch auf Anouks Bett lag eine geöffnete Tüte mit Süßigkeiten. Wahrscheinlich hatte sie ihr Äffchen damit gefüttert.

»Und Laura?«

»Habe ich heute noch nicht gesehen. Ihr Bett ist unberührt.«

Valerie atmete tief durch. »Darf ich mich setzen?«

»Natürlich, Magistra Elisa!«

Valerie nahm auf Shirins Bett Platz, nachdem sie ein paar Löwenzahnblätter zur Seite geräumt hatte.

»Ich fürchte, ich habe keine besonders guten Nachrichten für dich, Shirin.«

Shirin machte ängstliche Augen. Sie hockte sich neben Valerie. »Ist was passiert?«

Valerie nickte. »Bestimmt erinnerst du dich daran, dass wir neulich von acht Jugendlichen gesprochen haben, die die magische Welt beschützen sollen.«

»Ich wäre so gern dabei«, fiel ihr Shirin fast ins Wort. »In der letzten Zeit bin ich sehr gut geworden. Ich habe wie eine Wahnsinnige geübt und beherrsche das Wetter jetzt viel besser. Um einen Sturm herbeizurufen, brauche ich nur ein paar Sekunden. Soll ich es Ihnen vorführen?«

Valerie schüttelte den Kopf.

»Ich kann es auch schneien lassen. Das ist schwer, aber ich kriege es inzwischen hin«, fuhr Shirin fort. »Zuerst waren es nur Hagelkörner. Dann Eisregen. Ich bin fast erfroren! Meine Mutter hat schon die Krise bekommen wegen des Wetters.«

Valerie legte ihr die Hand auf den Arm, um ihren Redefluss zu stoppen. »Du musst mir nichts beweisen, Shirin. Ich weiß, dass du eine der Besten bist.«

Shirin begann zu strahlen. »Gehöre ich dazu?«, fragte sie erwartungsvoll. »Zu den acht Auserwählten?«

Valerie nickte.

Einen Augenblick lang sah es so aus, als wollte Shirin sie vor lauter Begeisterung umarmen. Aber dann traute sich das Mädchen doch nicht. Magistra Elisa war für sie schließlich eine Respektsperson.

»Hör zu, Shirin, ich will dir deine Freude ja nicht nehmen«, begann Valerie. »Aber die Situation ist sehr ernst. Wahrscheinlich wird unsere magische Welt bald nicht mehr so sein, wie du sie kennst. In Kürze werden die Leute hier sein, die uns das Geheimnis der Zeit stehlen wollen. Sie werden skrupellos vorgehen und ihr Ziel mit aller Macht durchsetzen. Du weißt, was das heißt. Wir müssen handeln.«

Shirin starrte Valerie an.

»Ihr acht habt einen gefährlichen Auftrag zu erfüllen«, redete Valerie weiter. »Anouk, Merle, Laura,

Severin, Alexander, Rufus, Liam. Und natürlich du. Ihr müsst diese Welt mit aller Kraft schützen und dabei eure Fähigkeiten einsetzen.« Sie zog einen Ring von ihrem Finger. Es war ein einfacher gelber Messingring. Statt mit einem Schmuckstein war er mit der Gravur einer liegenden Acht verziert – das Zeichen für Unendlichkeit.

»Ich vertraue dir den Ring an, Shirin! Dieser Ring besitzt die Kraft, eure Macht zu bündeln und zu stärken. Steck ihn an deinen Finger und verliere ihn nicht.«

»Danke«, stammelte Shirin, während sie mit zitternden Fingern den Ring in Empfang nahm. »Danke … für das Vertrauen. Und … und für alles.« Sie seufzte und steckte sich den Ring an. Er passte wie angegossen.

»Ich muss jetzt wieder gehen.« Valerie erhob sich und wollte zur Tür hinaus.

»Halt«, rief Shirin. »Was genau soll ich jetzt tun? Wann kommen diese Leute? Aus welcher Richtung?« In ihrem Gesicht spiegelte sich Hilflosigkeit.

»Such die anderen.« Valerie warf einen prüfenden Blick aus dem Fenster. Es begann schon, dunkel zu werden. Severin hatte versprochen, rechtzeitig zurück zu sein. Ihre Unruhe wuchs. Wahrscheinlich hatte er Laura noch nicht gefunden. Was war mit ihr passiert? Valerie hatte das Gefühl, dass alles außer Kontrolle geriet. Was einst so schön begonnen hatte, schien jetzt zum Albtraum zu werden!

Wie um ihre Befürchtungen zu bestätigen, erschütterte ein neues Beben das Gemäuer.

»Ich habe Angst«, gestand Shirin.

»Ich auch«, sagte Valerie. »Aber gemeinsam schaffen wir es!« Sie verließ mit großen Schritten den Raum.

Shirin blieb zurück. Immer wieder blickte sie auf den Ring, so als könnte dieser ihr Antworten auf alle Fragen geben, die sie beschäftigten. In ihrem Kopf wirbelten die Gedanken durcheinander. Einerseits war sie ungeheuer stolz, dass sie zu den acht Auserwählten gehörte, andererseits fürchtete sie sich vor dem, was auf sie zukam. Was, wenn sie versagte?

Such die anderen!, hatte Magistra Elisa zu ihr gesagt. Genau das würde sie jetzt tun! Sie setzte die Schildkröte Euphemia in den Pappkarton zurück und schob ihn unter ihr Bett. Dann verließ sie das Zimmer und lief die Treppe hinunter. Wo konnten Anouk, Merle und Laura stecken? Im Hof vielleicht? Dort standen etliche Schüler in kleinen Gruppen zusammen und warteten darauf, dass es endlich Essen gab. Heute schienen die Mahlzeiten aus einem unerklärlichen Grund auszufallen oder jedenfalls nicht zu den gewohnten Zeiten stattzufinden. Zumindest hatten sich in den letzten Stunden nicht die Tische und Stühle aus dem Boden erhoben, wie sie es sonst auf wundersame Weise taten.

Shirin lief von Gruppe zu Gruppe, aber ihre Mitbewohnerinnen waren nicht zu sehen. Schließlich fragte sie sich bei den Jungen durch.

»Wer von euch heißt Alexander? Oder Liam?«

»Zwei Jungen traten auf sie zu. »Was gibt's?«

Alexander war groß und muskulös und hatte eine sehr helle Haut, dazu blonde Haare, die ihm immer wieder in die Stirn fielen. Ein nordischer Typ. Sein Gesicht war übersät mit Sommersprossen. Liam dagegen war einen Kopf kleiner und eher schmächtig. Er hatte ein Spitzmausgesicht mit braunen Augen, die ständig blinzelten. Seine dunklen Haare waren wirr durcheinandergewirbelt, so als hätten sie schon seit Tagen keinen Kamm mehr gesehen.

»Warum fragst du nach uns?«, wollte Liam wissen.

Shirin zog die beiden zur Seite, damit sie keine Zuhörer hatten. »Hat Magistra Elisa schon mit euch geredet?«

»Nein.« Alexander schüttelte den Kopf.

»Mit mir hat sie auch nicht gesprochen«, sagte Liam.

Shirin schluckte. »Okay. Dann sage ich es euch. Ich bin übrigens Shirin. Ihr gehört zu den acht Auserwählten.«

Alexander runzelte die Stirn und begann zu lachen. »Wie kommst du darauf? Es hieß doch, dass wir uns in einem Wettbewerb messen müssen und danach die Besten bestimmt werden.«

Liam nickte. »So habe ich es auch in Erinnerung.«

»Planänderung.« Shirin musterte die beiden Jungen. »Unsere Welt ist bereits in Gefahr. Die Feinde sind bald da.«

Liam und Alexander wechselten einen alarmierten Blick. »Und was sollen wir tun?«

»Wir müssen mit unseren Fähigkeiten die Welt beschützen«, sagte Shirin.

»Okay«, meinte Alexander. »Was kannst du?«

»Ich kann das Wetter beeinflussen«, antwortete Shirin. »Und was sind eure Fähigkeiten?«

»Ich kann unter Wasser atmen«, sagte Alexander. »Ich weiß allerdings nicht, ob das sehr viel nützt, um die Welt zu retten.«

»Und ich kann im Dunkeln sehen«, meinte Liam. »Eigentlich auch nur hilfreich für mich selbst.«

»Wer ist denn noch dabei?«, wollte Alexander wissen.

»Von den Jungen Severin und Rufus.«

»Aha. Schlösser knacken und wie der Teufel rennen. Und welche Mädchen gehören außer dir zu den Auserwählten?«

»Anouk. Sie kann fliegen. Laura kann Gedenken lesen. Und Merle …« Shirin zögerte. »Merle beeinflusst

Gedeihen und Verderben. Sie kann heilen … und anderes.«

»Kann sie schaden?«, fragte Lim sogleich nach.

Shirin nickte. »Ich fürchte ja.«

»Auch töten?« Alexander sah Shirin forschend an.

»Das weiß ich nicht«, sagte sie.

»Klingt jedenfalls nach ziemlich großer Macht«, bemerkte Liam. Er lachte kurz auf. »Dann sind wir ja gar keine so schlechte Truppe, wie ich befürchtet habe.«

In diesem Augenblick erhellte ein gewaltiger Blitz den Hof. Das Licht war so grell, dass nicht nur Liam die Augen bedecken musste.

»He«, sagte Alexander. »Warst du das, Shirin?«

Die Antwort blieb Shirin erspart, denn jetzt erschütterte ein mächtiges Beben die Erde. Die Pflastersteine sprangen meterhoch aus ihren Fugen, führten in der Luft einen kurzen Tanz auf und sanken dann wie ein Wunder unbeschädigt an ihren Platz zurück. Gleichzeitig stürmten mehrere Gestalten in weißen Overalls durch das Tor. Sie hielten Rohre in der Hand, aus denen meterlang die Flammen schlugen. Auf einen Schlag war der Hof voller Lärm und Feuer. Die Schüler schrien erschrocken auf und flohen in ihre Türme.

Shirin, Alexander und Liam pressten sich in eine Mauernische. Einige der Eindringlinge rannten ganz dicht an ihnen vorbei, ohne sie zu bemerken.

»Was gäbe ich jetzt für die Gabe, sich unsichtbar machen zu können!«, murmelte Alexander leise.

Shirin merkte, dass sie seine Hand ergriffen hatte.

»Tu was gegen die Flammen«, zischte Liam ihr zu.

Shirin versuchte, sich zu konzentrieren und das schreckliche Geschehen ringsum auszublenden.

In Sekundenschnelle zogen dunkle Wolken auf. Dann stürzte ein so starker Regenguss vom Himmel, dass der Hof innerhalb weniger Augenblicke überschwemmt wurde. Zischend erlosch das Feuer.

Shirin hörte die Fremden fluchen.

»Gut gemacht«, raunte Alexander ihr zu.

Asshoff hatte nicht damit gerechnet, dass sich das dunkle Nichts so schnell in eine real wirkende Umgebung verwandeln würde. Vor ihnen erhob sich ein großes Gebäude mit mächtigen Türmen. Seine Leute hatten sofort das Tor aufgebrochen und waren in den Hof gestürmt.

Die beste Taktik war, den Gegner zu überraschen und in Furcht zu versetzen.

Doch es war wie verhext!

Aus heiterem Himmel stürzte ein Wolkenbruch auf sie herab. Es waren unglaubliche Massen an Wasser, die ganz plötzlich herabkamen. Asshoff hatte so etwas noch nie erlebt. Im Nu watete er knietief im Wasser, während die Jugendlichen, die eben noch im Hof gestanden hatten, zu den Eingängen rannten wie Ratten in ihre Löcher. Der plötzliche Regen löschte leider auch das Feuer.

Asshoff fluchte. Der Regen verdarb ihnen den Überraschungseffekt, aber sie würden sich davon nicht entmutigen lassen! Sie mussten das Hauptquartier stürmen und die Leiter oder Besitzer dieses Schlosses in ihre Gewalt bringen.

»Acht Eingänge, Chef«, zischte Lisbeth Volks ihm zu, die in ihrem Overall deutlich zierlicher wirkte als seine übrigen Begleiter. »Wir sind nur zu siebt. Was sollen wir tun?«

Asshoff musste blitzschnell eine Entscheidung treffen. Er hatte keine Ahnung, wo sich die Zentrale befand. Sie mussten alles durchsuchen oder jemanden von hier zum Plaudern bringen.

»Volks, Sie kommen mit mir«, befahl er. »Vier andere nehmen sich je einen Eingang vor. Haag, Sie bleiben in der Mitte des Hofs und passen auf, dass niemand abhaut!«

Lisbeth Volks preschte schon los, er konnte ihr kaum folgen. Bereits nach wenigen Metern fanden sie im Durchgang zum Treppenhaus eine verschlossene Tür. Lisbeth, eine gut ausgebildete Schützin, feuerte auf das Schloss, das sofort aufsprang.

Asshoff leuchtete mit seiner starken Lampe in den Raum. Nur Gerümpel. Halt! Dazwischen regte sich etwas. Mit erhobenen Händen kam eine Gestalt auf sie zu und wimmerte. Asshoff traute seinen Augen kaum. Er kannte den Mann!

»Vollenweider!«

»Tun Sie mir bitte nichts«, flehte Darius. Er blinzelte und schien Asshoff zu erkennen. »Ich habe Ihnen geholfen! Ohne mich hätten Sie diese Welt nicht gefunden!«

Asshoff gab Lisbeth ein Zeichen, und diese senkte ihre Waffe.

»Sie können uns noch einmal nützlich sein, Vollenweider! Zeigen Sie uns, wo die Zentrale ist!«

»Die Zentrale?«, fragte Darius. »Hier gibt es … Meinen Sie das Lehrerzimmer? Oder … ach ja, jetzt weiß ich, wonach Sie suchen.« Ein Lächeln überzog sein Gesicht. »Ich helfe Ihnen natürlich gern!«

Alles verloren?

»Ich weiß nicht, ob es richtig ist, was wir tun«, sagte Peter Lilienstedt.

Elias sah seinen Vater an. Seine Augen waren rund vor Verwunderung. »Was soll nicht richtig daran sein, Laura zu helfen? Sie braucht uns!«

»Na, wenn du meinst.« Peter gab nach. Elias hatte sich die Sache nun mal in den Kopf gesetzt. Widerstand zu leisten, war so gut wie sinnlos. Das kostete nur Nerven. Außerdem – vielleicht hatte Elias ja tatsächlich Lauras Hilferuf gehört! Wenn das stimmte, was Valerie ihm über die Welt des achten Tages erzählt hatte, dann hatten viele Jugendliche dort außergewöhnliche Fähigkeiten. So auch seine Tochter. Valerie behauptete, Laura könnte Gedanken lesen. Vielleicht konnte sie dann auch einen Notruf in Elias Kopf schicken!

Peters Herz krampfte sich zusammen. Wenn das wahr war, dann befand sich Laura in Gefahr!

»Weißt du genau, was mit ihr ist?«, fragte er.

Elias schüttelte den Kopf. »Wir müssen zu ihr! Komm!« Er fasste Peters Hand und fing ungeduldig an zu ziehen.

»Halt! Wohin willst du?«

»Natürlich zu Laura!«

»Du weißt doch gar nicht, wo sie ist!«

Elias schob die Unterlippe vor. »Aber du weißt es, und deswegen wirst du mich jetzt zu ihr bringen.« Er sagte es mit einer Bestimmtheit, die keine Zweifel aufkommen ließ.

Peter überlegte. Mit jeder Minute, die er noch zögerte, konnte sich Lauras Situation verschlimmern. Jetzt war es an der Zeit, zu handeln.

»Okay«, sagte er zu seinem Sohn. »Komm mit. Ich zeige dir jetzt etwas, das du noch nie gesehen hast.«

Elias staunte nicht schlecht, als sein Vater ihn in das Untergeschoss der Villa führte. Die rostige Apparatur mit den Zahnrädern faszinierte ihn sofort.

»Cool!«

»Elias«, sagte Peter Lilienstedt, »wundere dich jetzt bitte nicht. Es ist ein bisschen wie im Märchen. Wir werden eine vollkommen andere Welt betreten. Hab keine Angst!«

»Hab ich nicht«, beteuerte Elias.

Peter zog aus seiner Hosentasche eine goldene Taschenuhr und ließ sie vor der Wand langsam hin- und herschwingen.

»Es geht gleich los...«

»Was für ein Mist!«, schimpfte Laura, als der erste Tropfen auf ihre Nase fiel. Das Blätterdach des Unterschlupfs hielt zwar einiges ab, trotzdem sickerte die Nässe allmählich durch. Sie lag zwischen Olivia und Anouk, dicht an dicht. Merle, Severin, Max und Horatius lagen auf der anderen Seite. Es war total eng, und keiner konnte richtig schlafen. Was auch daran lag, dass das Seidenäffchen Mäxchen abwechselnd auf allen herumturnte. Und als Laura endlich die Augen zufielen, wurde sie von Merles Ratte geweckt, die ihr über den Bauch kroch.

Und jetzt auch noch dieser Regen! Ein unablässiges Rauschen. Es war immer noch sehr schwül, und Laura hielt es fast nicht mehr aus, obwohl sie satt war und auch keinen Durst mehr hatte. Mehr denn je wünschte sie sich in ihr Bett zurück, wo es gemütlich und vor allem trocken war.

Olivia schlief tief und fest. Einmal drehte sie sich zur Seite und nahm Laura noch mehr Platz weg. Außerdem murmelte sie im Schlaf. Ob sie von Severin träumte?

Laura versuchte, eine bequemere Lage zu finden. Doch das war nicht einfach, wenn sie Anouk nicht stören wollte. Sie döste wieder ein paar Minuten ein. Dann schreckte sie von einem Knacken hoch.

Da – neben ihnen, eine Gestalt!

Laura brauchte einen Moment, bis sie erkannte, dass es sich um Max handelte. Er war aufgestanden und verließ den Unterschlupf. Vermutlich, um ein dringendes Bedürfnis zu erledigen. Laura seufzte leise, dann sanken ihre Augenlider wieder herab.

Ha! Da hatten diese blöden Kinder gedacht, dass sie ihm eins auswischten! Stattdessen wischte er ihnen und der magischen Welt eins aus! Mit einem inneren Triumphgefühl stieg Darius die Treppe zu dem Gewölbelabyrinth hinunter, hinter sich sechs Leute von TEMP. Einer von ihnen stand noch im Hof und hielt Wache.

»Das Wasser ist unheimlich«, sagte eine Frauenstimme.

»Da hausen auch schreckliche Wesen!«, Darius drehte sich um. »Sie können ruhig mit Ihrem Gewehr da reinfeuern, dann sind es ein paar Kreaturen weniger!« Er sah mit Genugtuung, wie sie das Gewehr anlegte.

»Sparen Sie die Munition, Volks«, befahl Asshoff. »Aufräumen können wir später. Jetzt gibt es Wichtigeres. Außerdem wollen wir den Feind nicht vorzeitig durch Schüsse warnen!«

Darius führte den Trupp zielstrebig durch das Gewirr von Gängen. Sie erreichten schließlich den blau erleuchteten Flur.

Asshoff schnalzte mit der Zunge, als er die Türen mit den verschiedenen Symbolen sah. »Beeindruckend.«

Darius kannte sich bestens aus. Schließlich hatte er viele Stunden damit verbracht, alle Räume auszuspionieren. Er vermutete, dass sich Magistra Elisa und Magister Korbinian im Computerraum aufhielten. Von dort aus wurden die einzelnen Landstriche der magischen Welt gesteuert, während sich im *Raum der Ewigkeit* das Uhrwerk befand, das alles am Laufen hielt. Dort schlug quasi das Herz der Welt.

Asshoff und seine Leute brauchten den Computerraum gar nicht zu stürmen, die Tür stand ein Stück offen.

Magistra Elisa und Magister Korbinian starrten gebannt auf einen Monitor.

Darius trat zur Seite, um für die TEMP-Leute Platz zu machen.

»Hände hoch! Der Raum ist umstellt!« Mit angelegtem Gewehr stürzte Asshoff durch die Tür.

Valerie und Korbinian hörten die Stimme und zuckten zusammen. Als Valerie sich umdrehte, sah sie mehrere schwer bewaffnete Gestalten in weißen Overalls. Sie erkannte sofort das Label der Firma TEMP. Langsam nahm sie die Hände hoch und versuchte, die Gesichter der Eindringlinge zu identifizieren. Das war wegen der Schutzbrillen nicht einfach.

Korbinian stieß einen Seufzer der Verzweiflung aus und hob ebenfalls die Hände.

Einer der Männer ließ das Gewehr sinken und schob die Brille hoch.

»Valerie«, rief Bernd Asshoff. »Das glaube ich jetzt nicht!«

Valerie schob trotzig die Unterlippe vor. »Was willst du hier?«

»Ich denke, du bist mir eine Erklärung schuldig«, sagte Asshoff.

Elias verhielt sich mucksmäuschenstill. Er tobte und schrie nicht, ganz entgegen seiner sonstigen Art. Er benahm sich, als wäre es selbstverständlich für ihn, von der einen in die andere Welt zu wechseln.

Eben noch in der alten Villa – und jetzt im *Raum der Ewigkeit*!

Peter konnte sich nur über seinen Sohn wundern.

Elias' Augen wirkten noch größer als sonst. In stummer Ehrfurcht betrachtete er das riesige Uhrwerk. Die sich langsam drehenden Zahnräder, die acht Planeten, die um die Mitte des Raums kreisten.

»Wunderschön«, wisperte er schließlich. Sein Blick huschte hin und her, damit er jede Einzelheit erfasste und sich einprägte. Er fasste die Hand seines Vaters fester.

»Ist Laura hier?«, fragte dieser leise. »Kannst du sie hören?«

Elias schüttelte den Kopf. Seine Mundwinkel gingen nach unten.

»Leider nein, Papa!«

»Wie lange weißt du schon Bescheid?«, fragte Asshoff schneidend.

Valerie hob die Schultern. »Schon eine Weile. Können wir die Hände vielleicht wieder herunternehmen?«

»Meinetwegen«. Asshoff drehte sich nach Lisbeth Volks um. »Aber du behältst die beiden im Visier.«

»Ja, Chef«, antwortete diese.

Asshoff konnte es nicht fassen, dass Valerie Lilienstedt, seine beste Mitarbeiterin und seine Freundin, auf der Seite des Gegners stand. Anstatt ihn bei seiner Arbeit zu unterstützen, hatte sie ihn ausspioniert. Er wusste nicht, was größer war: seine Wut oder seine Kränkung.

»Warum, Valerie?«, fragte er. »Warum hast du mich die ganze Zeit betrogen? Wozu all das Theater?«

»Weil ich diese Welt vor dir und deiner Firma schützen wollte«, erwiderte Valerie. »Weil Zeit nichts ist, was sich beliebig verteilen lässt. Horatius hat eine große Entdeckung gemacht. Die aber sehr viel Unheil anrichten kann, wenn sie in die falschen Hände gerät.«

»Du hältst meine Hände für falsch?« Asshoff lachte trocken auf, obwohl ihm überhaupt nicht zum Lachen zumute war. »Sie haben dich oft genug gestreichelt. Sie haben dich getröstet, wenn du traurig warst. Sie haben dich in die teuersten Restaurants ausgeführt. Was bist du für eine Verräterin! Du hast einen so miesen Charakter!«

In Valeries Gesicht zuckte kein einziger Muskel. Diese Frau war ja so was von abgebrüht! Und er hatte sich eingebildet, dass sie die richtige Partnerin für ihn war. Die Frau fürs Leben. Da hatte er sich gründlich getäuscht!

»Ihr werdet mir jetzt alle Unterlagen geben«, sagte er mit harter Stimme. »Auch die anderen Notizbücher von Horatius Vollenweider. Und dann liefert ihr uns diesen Mann aus, damit er sein gesamtes Wissen mit uns teilen kann.«

»Da muss ich dich leider enttäuschen, Bernd«, sagte Valerie. Schwang da nicht ein triumphierender Unterton in ihrer Stimme mit? »Horatius ist nicht im Schloss. Wir wissen nicht, wo er sich aufhält. Und selbst wenn du und deine Leute ihn finden solltet, dann werdet ihr nicht sehr viel aus ihm herausbekommen. Horatius Vollenweider leidet nämlich an Demenz!«

Peter öffnete vorsichtig die Tür des *Raums der Ewigkeit* und spähte hinaus. Er erhaschte einen Blick auf eine weiß gekleidete Gestalt, die ein Gewehr angelegt hatte. Rasch zog er sich zurück und schloss die Tür.

»Was ist, Papa?«, wollte Elias wissen.

»Leise, Elias«, warnte Peter seinen Sohn. »Da draußen ist ein bewaffneter Mann. Er trägt einen weißen Overall. Vielleicht sind es auch mehrere, keine Ahnung.«

Hoffentlich waren sie noch nicht zu spät gekommen! Er dachte an seine Frau, an seine Tochter. Um die Welt des alten Uhrmachers zu beschützen, hatten sie sich in größte Gefahr begeben. Und jetzt hatte er auch noch seinen Sohn hierhergebracht! Peter sah zu Elias. Dessen Blick war seltsam in sich gekehrt.

»Was ist los, Elias?«

Zuerst antwortete Elias nicht. Dann hob er den Kopf. Sein Blick wirkte verschleiert.

»Ich kann mich mit Laura unterhalten, Papa!«

Zuerst dachte Peter, dass Elias einen Scherz machte. Doch die Miene seines Sohns war ernst.

»Fast wie mit dem Handy, Papa. Aber wir brauchen nicht einmal ein Handy. Wir können uns mit dem Kopf unterhalten – einfach so!«

Peter schluckte. Elias war immer für eine Überraschung gut.

»Dann frag Laura bitte, ob sie okay ist.«

Max war noch immer nicht zurück. Fand er den Weg zum Unterschlupf nicht mehr, oder war ihm etwas zugestoßen? Laura wusste nicht, wie viel Zeit inzwischen vergangen war. Sie hatte kurz gedöst. Ein mulmiges Gefühl breitete sich in ihr aus. Sie setzte sich auf und starrte in die Dunkelheit. Wo war Max?

Hallo, Laura, Papa will wissen, ob du okay bist!

Laura presste die Hände auf ihre Ohren. Das gab es doch nicht! Das war Elias Stimme gewesen, ganz deutlich! Sie hatte seine Gedanken gehört!

Aber Elias war doch weit weg. In einer anderen Welt.

Geht es dir gut, Laura? Ich habe gehört, wie du um Hilfe gerufen hast! Da war Elias' Stimme schon wieder.

Ja, mir geht es gut. Wo bist du?, antwortete sie in Gedanken.

Elias' Antwort kam sofort.

Papa ist mit mir in einem Raum mit einem großen Uhrwerk. Da sind Planeten …

Das konnte nur der *Raum der Ewigkeit* sein! Dann war Elias hier in der magischen Welt. Im *Schloss der Ewigkeit*. Aber was hatte Papa damit zu tun? Kannte er vielleicht diese Welt. War es das gewesen, was er ihr hatte sagen wollen, bevor sie und Olivia von dem magischen Wirbel erfasst worden waren?

Papa sagt, draußen ist ein Mann mit einem Gewehr. Er hat einen weißen Overall an. Wir trauen uns nicht raus …

Es wurde Laura eiskalt. Die Leute von TEMP waren im Schloss. Und dass sie Gewehre bei sich hatten, deutete nicht gerade auf freundliche Absichten hin.

Verlasst den Raum besser nicht, sagte sie zu Elias. *Passt auf euch auf!*

Danach blieb es erst einmal still. Laura musste nachdenken. Ihr Bruder schien genau wie sie eine besondere Gabe zu besitzen.

Vielleicht würde er der magischen Welt noch nützen können.

Nein, nicht er. Sie alle zusammen.

Elias und sie, Anouk, Merle, Severin und Rufus.

Und Shirin.

Und natürlich noch Alexander und Liam, von deren Fähigkeiten Severin vorhin erzählt hatte.

Es musste ihnen gelingen, die Welt des achten Tages vor den TEMP-Leuten zu schützen!

Marliese Arold, Jahrgang 1958, wollte schon als Kind Schriftstellerin werden. Aus Liebe zu Büchern wurde sie zunächst einmal Bibliothekarin. Seit 1983 ihre ersten eigenen Werke veröffentlicht wurden, arbeitet sie als freie Autorin. Ihre Bücher kennt man in über 20 Ländern. Sie hat zwei erwachsene Kinder und lebt mit ihrem Mann in Erlenbach am Main.

Wie alles begann …

ISBN 978-3-96129-042-0
Hardcover, 240 Seiten, 14,5 x 21 cm
€ 12,99 (D) / € 13,40 (A)

Der magische 8. Tag

VERBORGENE KRÄFTE

BAND 1

Entdecke das Geheimnis des achten Tages!

Als Laura eine geheimnisvolle Taschenuhr findet, ist nichts mehr wie zuvor: Es gibt plötzlich einen achten Tag in der Woche! An diesem Tag ist Laura Teil einer Welt voller Magie. Alles ist anders und alles scheint möglich. Laura entdeckt an sich neue Fähigkeiten und muss lernen, mit ihnen umzugehen. Bald findet sie in der magischen Welt drei Freundinnen, denen es genauso geht. Auf die vier wartet eine wichtige Aufgabe ...

So ging es weiter …

ISBN 978-3-96129-066-6
Hardcover, 240 Seiten, 14,5 x 21 cm
€ 12,99 (D) / € 13,40 (A)

Der magische 8. Tag

DUNKLES GEHEIMNIS

BAND 2

Wer bedroht die Welt des achten Tages?

Einen achten Tag in der Woche zu besitzen, ist Fluch und Segen zugleich. Laura und ihre Freundinnen beherrschen ihre besonderen Fähigkeiten immer besser. Doch gleichzeitig greifen Ereignisse aus der magischen Welt immer stärker in ihren Alltag ein. Plötzlich taucht an einem normalen Wochentag ein Mann auf, der aussieht wie Magister Darius – und er hat offensichtlich etwas zu verbergen. Dann stellt Laura auch noch fest, dass sie und ihre Familie ausspioniert werden. Jemand will hinter ihr Geheimnis kommen. Koste es, was es wolle …

Der magische 8. Tag

LETZTE MISSION

BAND 4

Kann die Welt des magischen 8. Tages gerettet werden?

Alarmstufe Rot für Laura und ihre Freunde! Die Firma TEMP ist hinter das Geheimnis der Zeit gekommen. Vergangenheit und Zukunft beginnen sich zu vermischen. Das totale Chaos droht – nicht nur der Welt des magischen 8. Tages. Laura und die anderen Auserwählten kämpfen gegen Bernd Asshoff und seine skrupellosen Machenschaften. Da gerät Lauras Freundin Olivia zwischen die Fronten und wird lebensgefährlich verletzt. Kann Merle ihr mit ihrer Lazarus-Gabe helfen? Die Lage erscheint ausweglos. Während Lauras Eltern wieder zueinander finden, begibt sich ihr kleiner Bruder Elias in große Gefahr. Kann ausgerechnet er die Welt wieder ins Gleichgewicht bringen?

Ab Herbst 2019 im Handel!